KB259867

면앙정에 올라서서

면앙정에 올라서서

초판 1쇄 | 2006년 6월 30일

초판 2쇄 | 2006년 9월 22일

지은이 | 구중서

펴낸이 | 김영재

펴낸곳 | 책만드는집

주소 | 서울 마포구 합정동 428-49 4층(121-886)

전화 | 3142-1585·6

팩시밀리 | 336-8908

E-mail | chaekjip@chol.com

등록 | 1994. 1. 13. 제10-927호

ⓒ 구중서, 2006

저자와의 협의에 의해 인지를 생략합니다.

이 책은 한국문화예술위원회가 선정한 우수문학도서로

국무총리복권위원회의 복권기금을 지원받아 무료로 제공합니다.

(참조 : www.for-munhak.or.kr)

ISBN 89-7944-247-5 (03810)

역사문화산책

면앙정에 올라서서

구중서 글·그림

책만드는집

한국의 문화사는 이름 없는 백성들에 의해 이어져 왔다. 고려속요의 익명작들이 3백여 년 동안 사람들의 입으로만 전해졌다. 조선조의 익명작 「춘향전」, 「흥부전」 등 판소리계 소설들도 몇백 년 동안 광대의 판소리로 전해 내려왔다.

이것이 민족문화사의 단절을 넘어서게 한 이음 고리였다. 이것은 민족문화의 몸 안에 있는 동맥이며 혈맥이다. 그러면 몸의 근육과 뼈대와 정신은 어디에 있는가. 그것은 지식인 문화에 담겨 있다.

지식인이되 이들은 청백리였고 목숨을 걸고 정의를 주장한 지사들이었다. 그들은 먼저 자신을 수양해서 나랏일에 나섰고, 그들의 사상은 오로지 민본주의였다. "밥이 백성의 하늘이고, 백성은 임금의 하늘"이라고 한 이율곡은 해주에서 손수 풀무질로 호미를 만들기도 했다.

민중 사관을 중시하는 나머지 지식인 문화의 풍요한 자산을 지나쳐서는 안 된다. 한국의 장구한 지식인 문화 안에 세계적으로도 자랑스러운 보편적 가치의 풍부한 자산이 있다.

세계적으로 지금 한류(韓流)가 번져 나아간다면 그것은 물질이나 기술의 힘만이 아니다. 우리의 오랜 문화 자산 안에 있는 인간적 가치, 보편적 가치가 한류의 원천이 되어 있는 것이다.

이퇴계와 스물여섯 살 후배인 기대승이 경상도와 전라도의 천 리 길에 철학적 토론의 편지를 8년간 주고받은 일, 짚세기를 갈아 신으며 험한 산길로 그 편지를 나른 심부름꾼이 모두 소중하다. 그리고 그 인맥이 낳은 이순신과 고경명이 임진 전쟁에서 일본을 막아냈다.

우리는 이렇게 살아온 민족으로 지금도 이 하늘 아래 떳떳한 기품으로 살고 있다. 이 역사적 전모와 일상의 문화 안에 있는 곰살궂은 삶의 맛이 현대에도 우리의 숨결에 신선한 산소이며 자양이다.

면앙정은 한낱 원두막 같은 쉼터가 아니다. 하늘과 땅 사이 우주의 정기가 깃든 호연지기의 도량이다. "바다 밖은 하늘이니 / 하늘 밖은 무엇인고" 끝없는 공간과 시간의 그 너머에까지 의미의 대화를 편지로 나눈 곳이 면앙정이다. 앙천부지(仰天俯地) 하늘을 보고 땅을 보며 오늘도 우리는 이상과 현실 사이의 풍요한 의미를 찾고 누리고 있다.

지난 역사에서 문인들은 시·서·화를 함께하여 전인적 품성을 추구했다. 오늘날에도 그렇게 해보는 것이 어떨지, 미숙한 대로 조금 시도해보았다.

─2006년 여름 구중서

차례

7. 임진강을 거닐며

노골부들 이야기

앞으로 첨단 과학과 기술이 더욱 큰 위력을 발휘할 것이라고 한다. 이러한 시대에 신라 때의 옛이야기를 떠올리는 것이 비현실적이라는 느낌을 줄 법도 하다.

신라를 되돌아보는 시각에는 여러 가지 유형이 있다. 일연 스님이 지은 「삼국유사」에 관해서만 해도 그렇다. 가령 미당 시인은 신라의 구름에서 향내가 난 것, 베 짜는 잉아의 실이 해에 연결된 것 등을 들어 기이한 이야기에 눈길을 주었다. 그러면서 현대에 사는 우리에게 더 풍부해진 것이 없다는 뜻의 설명을 했다. 그러나 상상의 풍부함이라 해도 그 기이한 내용은 결국 현실을 초월한 것일 뿐 삶의 현실은 못 될 것이다.

이 밖에도 국문학계에서 역시 「삼국유사」의 주술적인 면과 신화적인 면을 연구한 논문이 많다. 그러나 우리는 신라에서 살아 움직이는 '인간'을 볼 수 있어야 할 것이다. 실로 신라에는 인간적인, 너무나 인간적인 사람들이 있었다.

그중에는 옷을 벗고 인간애로서의 알몸을 드러낸 이, 서리도 앉지 않을 만큼 높은 잣나무 꼭대기처럼 드높은 이상을 지닌 이, 경직되지 않고 한없이 부드러운 성품을 지녀 진리에 도달한 이도 있었다.

신라 애장왕 때 황룡사의 스님 정수(正秀)는 어느 겨울 저녁에 삼

남사 옛터 기와 탁본

二〇〇三년 너름뫼

남사 옛터에서 발견된 기와 탁본

랑사라는 절에 다녀오고 있었다. 그때 눈길에 한 여자 걸인이 쓰러져 아기를 낳고 있는 모습이 눈에 들어왔다. 아기와 산모를 그대로 두면 곧 얼어 죽을 것이었다. 정수 스님은 입고 있던 옷을 벗어 이들을 감싸주고 자신은 알몸으로 황룡사에 돌아왔다. 그러나 절 안으로 들어갈 수가 없었다. 그는 마침 눈에 띈 볏짚 더미 속에 들어가 밤을 새웠다. 이 사실이 알려져 정수 스님은 국사로 책봉되었다.

신라 향가 가운데 〈찬기파랑가〉는 기파(耆婆) 화랑의 높은 이상을 형상화한 뛰어난 작품이다.

열어젖히매

나타난 달아

흰구름 좇아 떠감이 아닌가

아니, 시퍼런 내에

기파 화랑 모습이 있어라

여기사 냇가 자갈에

화랑이 서 지니신

마음의 끝을 좇고지어

아아 잣가지 높아

서리 모르올 화랑장

양주동과 홍기문의 향가 풀이를 비교해 정돈해보았다. 정신의 높은 차원, 끝 간 데 모를 이상이 신라 젊은이의 마음에 넘쳐나고 있다. 그뿐만 아니라 그들은 이상에 못지않게 겸허도 좋아했다.

신라 헌안왕 때에 이런 일도 있었다.

응렴(膺廉)이란 이름의 젊은이가 화랑도에서 윗자리인 국선(國仙)이 되어 전국을 여행하고 서라벌로 돌아왔다. 헌안왕이 응렴을 대궐로 불러들여 물었다.

"랑이 널리 국토를 순례하면서 보고 느낀 것이 무엇인가?"

응렴은 다음과 같이 대답했다.

"신이 여행하는 동안에 미덕을 지닌 세 사람을 만나게 되었습니다. 첫째는 높은 지위에 있지만 겸손하여 다른 이들보다 낮은 자리에 앉는 사람이었습니다. 둘째는 부자이면서도 남들보다 검소하게 사는 사람이었습니다. 셋째는 권세를 가지고 있으나 사람들에게 위엄을 드러내지 않는 사람이었습니다."

왕은 이 말을 듣고 눈물을 흘렸다. 그리고 응렴을 사위로 삼은 후 왕위까지 물려주었다. 그리하여 응렴은 신라 제48대 임금 경문왕이 되었다.

겸허보다 더 묘미가 있는 마음을 '부드러움'이라고 할 수 있을까. 이 부드러운 마음을 통해 진리를 터득한 이가 있다.

신라 성덕왕 때에 우리말로 '노골부들'이라는 이름과 '단단빡빡'이라는 이름을 가진 두 사람이 있었다. 한자로는 노힐부득(努肹不得)과 달달박박(恒恒朴朴)이라고 「삼국유사」에 기록되어 있다. 향가 풀이에서 이채로운 업적을 보인 김선기 박사가 이 이름들을 현대어로 바꾸어 '노골부들', '단단빡빡'이라고 풀이했다.

장덕순 교수의 「한국문학사」는 신라의 향가 풀이로서 두 가지를 함께 실어놓았다. 하나는 양주동 박사의 풀이이며, 다른 하나는 김선기 박사의 풀이다. 이만큼 국어학계에서 김선기 박사의 신라 향찰 풀이가 비중을 인정받고 있다. '노골부들', '단단빡빡'의 풀이 근거는 "두 사람의 이름이 각기 지닌 성품을 뜻하는 우리말[方言]이었다"라는 「삼국유사」 원문의 주석에 의거하는 것이다. 노골부들은 오르내림이 자유로워 약동(躍動)하는 형이고, 단단빡빡은 절도를 지키기에만 고심하여 고지식[苦節]한 형이다. 이리하여 순수한 우리말로는 노골노골하고 부들부들하여 부드러운 성격과, 단단하고 빡빡하여 경직된 성격을 뜻한다.

과연 이 두 사람 노골부들과 단단빡빡에 얽힌 사연을 「삼국유사」 남백월이성(南白月二聖) 대목에서 살펴보면 그 이름 풀이가 이해된다.

신라 성덕왕 때 구사군 북쪽에 백월산이 있었다. 고려 때에는 구사

부들·빡빡 두 스님의 헌신을 기리는 남사 현판

군을 의안군이라고 했는데 오늘의 경남 창원이 이 지역에 해당된다. 백월산에서 동남쪽으로 3천 보 거리에 선천촌(仙川村)이란 마을이 있었다. 이 마을에 노골부들과 단단빡빡 두 사람이 살았다. 두 사람 모두 풍모가 비범했고 서로 친한 벗이었다. 이들은 이십 대의 젊은 나이에 머리를 깎고 스님이 되었으나 또한 처자식은 거느리고 살았다.

하루는 두 사람이 자신들의 처지에 대해 이야기했다.

"농사가 잘되어도 자연이 스스로 풍요한 것에 미칠 수 없다. 아내와 다정해도 앵무새 한 쌍의 즐거움에 미치지 못한다. 하물며 진리를 깨우쳐 부처가 되고자 하는 우리가 세속의 무리와 다름없는 생활에 얽매여 있어서야 되겠는가."

이리하여 그들은 가족과 마을을 떠나 백월산 계곡으로 들어갔다. 이 백월산이 지금 실제로 경남 창원군 북면 월백리에 있다.

단단빡빡은 계곡의 북쪽에 암자를 짓고 아미타불이 되고자 염원했다. 노골부들은 남쪽에 암자를 짓고 미륵불이 되고자 힘썼다. 그러던 어느 날 밤 이 산속에 길을 잃은 한 젊은 여인이 나타났다. 용

모가 아름답고 향기를 풍기는 이 여인은 먼저 북쪽 암자에 찾아가

딱한 처지를 말하고 하룻밤만 암자에서 자게 해달라고 애원했다.

그러나 빡빡은 문을 닫고 들어가 버렸다. 여인은 다시 남쪽 암자로

가서 같은 사정을 말했다. 부들은 여인의 청을 거절하지 못했다.

"이 암자는 여인이 들어오는 데가 아니지만 산골짜기가 이미 어

두워졌으니 홀대할 수가 없구려. 먼저 중생을 돌봄이 보살도에 맞

을 것 같소."

이렇게 말하고 부들은 여인을 암자 안으로 들어와 자게 했다. 그

리고 자신은 마음을 맑게 하고 염불을 계속했다. 밤이 깊자 여인이

갑자기 아기를 낳았다. 부들은 여인에게 짚을 깔아주고 목욕물도

데워주었다.

사실 이 여인은 두 스님의 수도하는 자세를 시험하러 온 관음보살

이었다. 보살의 도움으로 부들은 금빛을 발하는 미륵불이 되었다.

이튿날 새벽에 빡빡은 남쪽 암자를 엿보러 찾아왔다.

"부들은 지난밤에 필경 파계를 했겠지."

비웃어줄 심산이었다. 그러나 뜻밖에 성불해 있는 부들로부터 경

위를 듣고 빡빡은 자신이 야박했음을 한탄했다. 부들은 옛 우정을

생각해 빡빡도 성불하도록 도와주었다.

'노골부들'과 '단단빡빡'의 전설이 신라 당대에 널리 알려지니

이 두 도인을 기리기 위해 경덕왕 때 백월산 아래에 남사(南寺)라는

백월산 아래 마을의 '달달박박' 식당 입구

절을 세우게 되었다. 그 뒤 이 절이 폐사되었는데 최근에 남사의 기와장이 발굴되어 그 자리에 새로이 남사가 세워졌다.

남사에서 바라다보이는 같은 마을 월백리에 한 식당이 있는데 옥호 간판이 '달달박박'이다. '노골부들'이라고 했어야 더 좋았을 것이다.

단단빡빡, 굳은 것은 죽음을 뜻한다. 노골부들, 부드러움은 생명을 뜻한다. 이것을 아는 것이 진리에 다가가는 길이 아닐까.

담양,
정자 문화의 산실

두번째여행

세상은 '의미'로 가득 차 있다. 그 의미가 무엇인지 미처 모르더라도 사람은 하늘과 땅 사이에 충만한 어떤 의미가 있음을 가슴으로 느낀다.

문학 기행을 떠난 한 떼의 학생이 삼척의 바닷가 모래밭에 이르렀다. 함께 간 교수가 학생들로부터 떨어져 홀로 바다를 바라보고 앉아 있다. 한 여학생이 후배 한 명을 데리고 교수 곁으로 다가와 앉는다. 여학생은 시선을 모래밭에 떨어뜨리고 앉아 있다. 교수가 말한다.

"인숙아, 너는 바다를 좋아하지 않는 것 같다."

"교수님, 저는 저렇게 끝없이 트인 큰 바다를 대하면 감당이 안 돼서 감히 마주 바라볼 수가 없어요."

학생의 느닷없는 대답에 교수는 충격을 받고 할 말을 잃는다. 겨우 한마디 한다.

"너는 시를 써도 되겠다."

몇 해 뒤 그 인숙이가 교수를 만났다.

"저는 교수님 때문에 인생이 고단하게 되었어요."

"그게 무슨 말이야?"

"제가 교수님의 글을 읽지 않았으면 대학원에 가지 않고 일찍 시집

가서 편하게 잘 살았을 텐데요. 논문은 써지지 않고 너무 힘들어요.”

제자의 이 응석 섞인 농담에 스승은 말없이 미소로 응대한다. 그러면서 이들은 그 어떤 의미와 가치를 찾아 다정하게 함께 간다.

삼척에서 남쪽으로 더 내려가 있는 울진 바닷가 언덕에 조선조의 시인 송강 정철(鄭澈, 1536~1593)이 들렀다. 16세기 중반, 1580년 1월의 어느 날이다. 그는 바다를 보며 시를 썼다.

바다 밖은 하늘이니

하늘 밖은 무엇인고

“천근(天根)을 못내 보아 망양정에 오른 말이”라는 한 줄이 앞에 붙어 있다. 〈관동별곡〉의 한 대목이다. 학부의 한 학생은 바다를 바라볼 수 없다고 했는데, 당시 45세였던 정송강은 바다 밖의 하늘과 하늘 밖의 어떤 절대적 존재 근원에까지 마음을 두었다. 그는 어떻게 그럴 수 있었을까?

정자 문화의 ‘문화’는 무엇인가

전남 담양에 가면 송강이 국문 가사 문학을 배운 곳으로 송순(宋

담양의 면앙정

純, 1493~1583)의 정자 면앙정(俛仰亭)이 있다. 하지만 이곳에는 송강이 시를 지은 장소라는 것 외에 더 큰, 다른 의미도 어려 있다. 면앙정은 16세기 호남 정자 문화권의 온상이었다는 것이 그것이다.

정자 문화의 '문화'는 무엇인가? 그것은 문학을 포함하면서 철학과 사상, 정치적 현실 참여와 투쟁, 귀양살이와 죽음, 돌아와 은둔하며 정진하는 수양, 지조와 의리, 우정과 낭만 이 모두를 뜻한다. 그것은 전인적(全人的)인 삶, 사람다운 삶, 삶의 의미와 가치를 뜻하는 것이다. 이러한 일들이 담양의 정자 문화권에서 가능했을까? 물론 이것은 역사 안에서 실제로 있었던 일이다.

담양 정자 문화권에는 인맥과 인간관계, 그들의 역사의식과 운명의 성쇠, 그리고 무엇보다도 영원히 끝나지 않는 '의미'의 추구가 있었다. 이 '의미' 문제는 21세기 오늘의 한국 현실과 세태 문제에도 참고가 되며, 사색할 자료가 된다.

'사색'이란 말을 들어보기가 어려운 것이 오늘의 세태다. 이 단어가 고루하고 어색하게 느껴질지도 모른다. 언제쯤이면 우리에게 익숙해진 이 잘못된 풍속에서 벗어나, 자연의 본성을 다시 바라볼 수 있을지……. 이 '의미'의 역사 여행을 떠나보자.

면앙정에 오르다

전남 담양읍에서 남쪽으로 바라다보면 제월봉이 있다. 광주의 무등산이 갈라져 나온 줄기다. 이 산의 끝 뿌리 언덕 위에 면앙정이 있다. 면앙정은 정자의 이름이며 또한 정자의 주인인 송순의 아호다.

대나무 숲을 옆에 끼고 계단을 올라 중턱의 평지를 걷고, 또 여러 계단을 다 올라가면 정자와 함께 정자 전면에 아늑한 마당이 있다. 면앙정의 기와지붕은 큰 날개처럼 넉넉한 추녀를 펼치고 있다. 정자 주위를 한 바퀴 둘러보면 서쪽과 남쪽으로 넓은 들이 내려다보인다. 들의 끝에는 병풍처럼 둘러선 산들이 있다. 송순 당대에는 면앙정 바로 밑으로 여계천 냇물이 흘렀다. 지금은 물길이 바뀌어 들의 서쪽 끝에서 영산강으로 흘러드는 오례천 냇물이 있다. 사람의 가슴을 탁 트이게 하는 시원스런 전망이 갖추어진 정자다.

쓸쓸한 겨울철에는 이 높은 언덕 위 정자에 찾아오는 이가 거의 없다. 그러나 정자의 주인 송순이 생존한 시절에는 철을 가리지 않고 손이 모여들었다. 전국 각지에서 이름 높은 문인들이 찾아왔다. 담양을 포함한 인근 호남 지역의 문인이 모두 모여들었음은 물론이다. 임억령, 양산보, 김인후, 기대승, 고경명, 송강 정철, 김성원 등이 바로 그런 이들이다.

이 중에서 가장 나이 많은 어른이 면앙정 송순이다. 기대승 이하 정철, 고경명, 김성원 등은 면앙정에 비해 서른 살쯤 차이가 나는 젊은이였다. 이들은 사제 간이지만 또한 서로 어울려 시 모임을 가졌다. 면앙정 외에도 동쪽으로 20리쯤 거리에 식영정과 소쇄원이 있고, 담양에는 이 밖에도 송강정, 하서당, 환벽당 등 정자와 누각이 있다. 그리하여 면앙정 시단·식영정 시단·소쇄원 시단 등의 시 모임이 있었다.

이 중에서 면앙정 시단이 호남 시단의 요람이었다. 송순은 1533년 그의 나이 41세에 면앙정을 지었다. 그가 경상도 지역 암행어사를 지내고 돌아온 때였다.

1579년(선조 12년) 면앙정에서 경이로운 잔치가 벌어졌다. 면앙정 송순의 회방연(回榜宴)이었다. 회방연이란 과거에 합격한 지 예순 돌이 되는 해를 기념하는 행사로, 그때 송순의 나이는 87세였다.

선비가 과거에 급제하면 임금이 축하와 격려의 뜻으로 꽃다발과 술을 내렸는데, 그것을 어사화와 어사주라고 했다.

당시 서울에서 홍문관 교리 자리에 있던 송강 정철이 송순의 회방연에 두 번째 어사화와 어사주를 가지고 면앙정에 왔다. 전라도 도백을 비롯해 고을 원들이 축하하러 왔고, 호남의 문인도 모두 모였다.

잔치가 끝날 무렵 주인공인 송순이 유쾌하게 취했다. 이때 정철이 "선생님은 우리 제자들이 댁까지 모시겠습니다"라고 제안했다. 정철, 기대승, 고경명, 임제가 나서서, '남여'라고 하는 포장이 없고 의자처럼 생긴 가마에 스승을 태웠다. 앞과 뒤에서 두 명씩 가마의 멜빵을 어깨에 걸었으니, 이 광경을 본 모든 이가 흐뭇해했다. 이것이 호남 지방의 문인들이 사는 모습이었다.

송순의 이 같은 호사는 당대에 드문 경우였다. 연산군의 폭압 정치가 끝난 뒤에도 정계의 여기저기에 수구적 부패 관료들이 버티고 있었다. 조선 왕조 나름으로 이른바 '상소'라고 하는 언로가 열려 있었는데, 권모술수의 무리가 공작을 하고 모함을 거듭해 임금에게 상소하면 무고한 충신들이 죽어갔다.

중종 임금의 두터운 신임을 받았던 조광조는 전라도 능주로 귀양을 가 그곳에서 사약을 받아 죽고 말았다. 정치적 반대 세력의 모함 때문이었다. 그들은 궁궐 안에 있는 나뭇잎에 꿀물로 '주초위왕(走肖爲王)'이라는 글씨를 썼다. 그리하여 벌과 벌레들이 꿀물 묻은 자리를 갉아먹음으로 나뭇잎에 글씨가 나타났다. "조(趙) 씨가 임금이 된다"는 조짐이라고 소문이 퍼졌다. 이 때문에 율곡 이이가 "동방의 현인(賢人)"이라고 극찬한 바 있는 조광조가 억울하게 죽은 것이다.

중종 임금은 좋은 의미에서 개혁적 신진 인사들을 정계에 등용했다. 1519년에 조광조는 이른바 현량과(賢良科) 제도를 조정에 건의했다. 중종 임금이 이 건의를 받아들이고, 직접 나서서 스물여덟 명의 개혁파 인사를 현량과에 급제시켰다. 조광조는 소격서를 폐지해 미신을 타파하고, 향약을 실시해 민중의 복지와 문화의 균형적인 발전을 추진했으며, 부패한 관료에게 잘못 주어진 훈작을 삭탈하기도 했다. 그러나 그의 노력은 결국 무리한 급진적 개혁으로 몰리고 말았다.

조광조와 개인적인 친분이 있었던 송순은 의리를 지켜 그의 누명을 벗기려 해보았지만 역부족이었다. 1547년에 송순은 이른바 양재역벽서사건이라는 알 수 없는 조작극에 연루되어 1년 반의 귀양살이를 한 후 풀려났다. 이것은 수구 권신들이 개혁적 사림파를 말끔히 몰아내려 한 공작 때문이었다.

그런데 어떻게 송순은 회방연을 치를 정도로 무사할 수 있었을까. 뒷날 송강 정철이 말했다.

"면앙정 송순 선생은 60년 벼슬살이 중에 단 한 번의 귀양살이를 겪고 대체로 평탄했으니 보기 드문 경우다."

송순은 결코 남의 눈치나 보는 기회주의자는 아니었다. 그는 늘 할 말은 하는 사람으로, 한때는 반대 세력의 반격을 받아 위기에 처하기도 했다. 하지만 그때마다 곁에서 송순을 두둔하고 변호해주는 사람이 나타나 결국 무사히 문제가 해결되었다.

이것은 평소에 송순이 학문을 연마하고 처세에 임하면서 "자신의 수양에 힘쓰고 다른 사람들을 편하게 해준다[修己安人]"라는 신조에 힘입은 것이었다. 더 상세히 말하자면 "사람을 대할 때에 공경[敬]하는 마음을 지니고, 일을 처리하는 데엔 정직[直]으로 임한다"라는 것이다.

그렇기에 그가 하는 바른말은 누구에게도 공격하는 것으로 들리지 않고, 이치를 따져보면 마땅해서 사람들이 납득을 하게 되는 것이다. 이것은 또 단순히 수양의 차원만도 아니다. 송순에게는 호연지기(浩然之氣)와 초탈의 차원이 있었다.

그것은 '하늘과 땅 사이에' 면앙정이란 정자를 지은 그의 우주론

면앙정으로 오르는 돌계단

적 철학이다.

<pre>
내려다보면 땅이 있고   俛有地
올려다보면 하늘이 있다   仰有天
이 가운데에 정자를 지으니   亭其中
호연지기가 일어난다   興浩然
바람과 달을 불러들이고   招風月
산천을 당겨놓아   揖山川
명아주 지팡이 짚으며   扶藜杖
백 년을 살아가리   送百年
</pre>

이것은 담양의 면앙정 안벽에 걸려 있는 삼언시(三言詩)다. 면(俛) 자는 부(俯) 자와 마찬가지로 내려다본다는 뜻으로, 흔히 앙천부지(仰天俯地)한다는 것은 "하늘을 보고 땅을 본다"는 것이다. 그 가운데에 사람(人)이 있으니, 이 셋이 우주를 구성한다는 것이 동양의 가장 오랜 철학서인 「역경」의 근본원리다. 이 셋 가운데서도 사람은 우주의 마음이며, 무엇을 어떻게 할 수 있는 능력[成能]을 가지고 있다고 「역경」의 〈계사하전〉에서는 말하고 있다.

이래서 인간은 위대한 것이다. 인간이 다만 우주의 한 분신이거나 파편에 불과하다면 위대할 것이 없다. 막연하고 허무할 것이다.

신라 때 곡수연 자리인 경주 포석정

인간이 능동적으로 또는 창조적으로 일을 하기에 따라서 우주의 의
미와 가치가 완성될 수 있다는 희망을 우리는 가질 수 있다. 이것이
정자의 이름 '면앙정' 이 상징하는 큰 뜻이다.

　정자는 그냥 늙은이들이 모여서 노는 경로당이 아니다. 술이나
마시고 바둑이나 두는 장소가 아니다. 이곳은 철학과 세상 경륜을
연구하고 시를 짓는 문화적 도량이다. 정자는 들판의 어느 원두막
처럼 소홀한 구조물도 아니다. 튼튼한 기둥들이 견고한 기와지붕을
이고 있으며, 넓은 마루뿐 아니라 마루의 어느 한쪽에 반드시 온돌
방 한 칸을 가지고 있다. 온돌의 아궁이는 정자의 뒤편이나 옆에 있
으며, 지상에 나지막하게 서 있는 굴뚝의 연기 구멍도 기와 몇 장으

로 운치 있게 치장되어 있다.

　온돌방에는 책과 붓, 먹, 벼루, 화선지가 있으며, 주인의 흥취에 따라서는 시루로 내린 약주나 소주가 있다. 정자에서 시 모임이 있던 시절에는 당연히 그렇게 되어 있었다. 이 정자에서 저 정자로 서로 오가며 이들이 지은 시가 얼마나 많던가. 담양의 성산 기슭 정자들을 오가며 호남의 문인들이 지은 시가 역사에 남은 것이 3천4백여 수, 이 중에서 서로 의리와 우정을 주고받은 내용의 시가 5백여 수다.

식영정과 소쇄원

　하늘과 땅과 정자를 노래한 경우로서 이보다 앞서 중국 진(晉)나라 때 난정(蘭亭)의 곡수연(曲水宴)이 있었다. 산음현에 있는 난정이란 정자 아래 흐르는 곡수에 술잔을 띄워, 술잔이 흐르다가 자기 앞에 가까이 오면 잔을 들어 마시면서 즉흥으로 한 수의 시를 짓는 것이다.

　비록 악기의 성대한 음악은 없어도 마음속 그윽한 정서를 펼치기에 넉넉하다. 우러러 하늘을 보면 무한히 큰 우주가 있고, 아래로 땅을 살피면 만물이 무성하다. 마음대로 생각하고 보고 듣는 것이 또한 기쁘다. 이 자리에서 지은 시들이 모여 난정회의 시집이 만들어졌다. 왕희지가 서문을 썼는데 이 문장이 또한 호연지기의 극치다.

난정의 곡수연은 동양 사회 정자 문화의 한 본보기가 된다. 우리 나라에도 일찍이 신라 경주에 곡수연 자리로서 포석정이 있었으며 지금도 그 자리가 남아 있다. 조선조의 서울 창경궁 뒤뜰에도 곡수는 아니지만 둥글게 물이 돌게 하여 그 위에 술잔을 띄우던 자리가 있다.

그러나 담양의 정자 문화가 거둔 저 풍부한 작품적 유산에 견줄 역사적 수확이 과연 있을지, 언뜻 알기가 어렵다.

무등산 한 줄기 뫼가 동쪽으로 뻗어 있어

멀리 떨쳐 와 제월봉이 되었거늘

끝없이 넓은 들에 무슨 짐작 하는 건가

산인가 병풍인가 그림인가 실물인가

높은 듯 낮은 듯 끊는 듯 잇는 듯

숨거니 보이거니 가거니 머물거니

인간 세상 떠나와도 내 몸이 겨를 없다

이것도 보려 하고 저것도 들으려 하고

바람도 쏘이려 하고 달도 맞으려 하고

밤일랑 언제 줍고 고기일랑 언제 낚고

―송순, 국문 가사 〈면앙정가〉에서

송순은 한시를 많이 지었지만 국문으로 시조와 가사도 지었다. 그의 국문 가사 〈면앙정가〉는 정자에 쉬면서도 결코 나른하게 늘어지지 않고 요동치는 그의 심혼을 보여준다.

문학 활동으로는 송강 정철이 화사하고 단아한 표현으로 많은 분량의 작품을 낳았다. 정철은 소년 시절을 담양 창평 마을에서 보냈고, 장성해 벼슬길에 나아간 뒤에도 좌절을 겪을 때마다 네 차례나 담양으로 낙향해 지냈다. 이러한 세월 동안 그는 성산의 식영정에 근거를 두고 주변의 면앙정과 소쇄원을 왕래했다.

문학의 면에서는 송순이 정철에게 가려 대중에게 덜 드러났다. 그러나 정철의 대표작이라 할 〈성산별곡〉, 〈사미인곡〉, 〈관동별곡〉 등 가사 문학이 자라난 온상은 어디인가? 그것은 송순이 〈면앙정가〉에서 보여준 활력 있는 가사 문학이었다.

다만 송순은 60년에 걸친 벼슬살이로 삶의 폭이 확대되어 있었다. 그러면서도 송순은 자신의 원래 본거지인 면앙정과 더불어 임억령과 정철의 본거지인 식영정에 들렀고, 양산보의 자연 정원인 소쇄원에 들렀다.

정철이 〈성산별곡〉을 지었던 식영정

식영정의 온돌방

1560년(명종 15년) 12월에 송순은 시를 잘 짓는 중국 사신이 왔으
니 시로써 어울리라는 조정의 부름을 받았다. 그때 송순은 퇴계 이
황과 더불어 식영정의 주인인 임억령을 대동했다. 양산보의 소쇄원
에 들러서는 시를 지어 그 정원의 정취를 상찬했다. 양산보는 조광
조가 추진한 현량과에 합격한 인물이었다. 그런데 바로 그 이듬해
에 조광조가 모함을 당하고 능주에 귀양 가 죽으니, 양산보는 아예
벼슬길을 단념하고 낙향해 담양 창암촌 계곡에 소쇄원을 짓고 끝까
지 은둔해 지냈다.

작은 정자 하나 어여삐 서 있어

와서 앉아보니 내내 살고 싶어라

못의 물고기는 대나무 그림자에 놀고

산의 폭포는 오동나무 그늘에 쏟아져

−송순, 〈양 처사 소쇄정〉에서

이 시에서 송순이 말하는 '작은 정자'는 소쇄원 경내 물가에 있
는 정자 광풍각을 가리킨다. 소쇄원은 제월당을 중심으로 넓은 공
간을 이루고 있다. 있는 그대로의 산천을 품에 안은 자연 정원이다.
사람의 마음을 편하게 해주면서 빼어나게 아름다워 오늘날까지 한
국 전통 정원의 으뜸이 되고 있다.

소쇄원의 여름 풍경. 조선시대 민간 정원의 대표

식영정이 들어선 자리 또한 절경이다. 소쇄원에서 잠깐 걸어서 갈 만한 가까운 거리에 있는 식영정은 담양 지곡리 성산 끝 뿌리에 자리한 절벽 같은 언덕 위에 있다. 그 경치는 송강 정철이 지은 〈성산별곡〉 첫머리에 잘 나타난다.

어떤 지날 손이 성산에 머물면서
서하당 식영정 주인아 내 말 듣소
인간 세상에 좋은 일 많건마는
어찌 한 강산을 갈수록 낫게 여겨
적막 산중에 들고 아니 나시는가
송근을 다시 쓸고 죽상에 자리 보아
잠시간 올라앉아 어떤가 다시 보니
하늘가 뜬구름 무등산 집을 삼아
나는 듯 드는 모습 주인과 어떠한가
창계 흰 물결이 정자 앞에 둘렀으니
직녀의 은하수를 그 누가 베어내어
잇는 듯 펼치는 듯 요란도 하구나

지금 창계 냇물은 광주호가 되어 식영정 앞 송림 사이로 내려다 보이는 물빛이 더욱 요란히 반짝인다. 정철의 〈성산별곡〉과 송순의

소쇄원 담장 글씨는 우암 송시열이 주인 양산보를 위해 쓴 것이라고 한다.

〈면앙정가〉를 견주어보건대 낫고 덜함보다 그 형식과 난숙함이 함께 빛나고 있다. 이것이 바로 조선조 가사 문학의 밑동인 것이다.

면앙정, 식영정, 소쇄원은 16세기에 지어졌지만 그 건물의 견실함과 운치가 여전해 찾는 이들의 가슴을 경건케 한다. 이제는 식영정 아래 평지에 지방자치단체에 의해 가사 문학관이 큰 규모로 세워져 있다. 제1전시실에는 담양 정자 문화의 유산들이 진열되어 있다. 그러나 특히 눈길을 끄는 것은 제2전시실에 진열된 가사 문학 작품들이다.

가사 문학의 비밀

14세기 고려조 나옹 선사의 〈서왕가(西往歌)〉와 15세기 조선조 정극인의 〈상춘곡〉이 있다. 이것은 우리나라 가사 문학사의 전체 체계를 갖추어놓으려는 의지를 느끼게 한다.

문제가 되는 것은 나옹 선사의 〈서왕가〉다. 가사 문학은 우리말 4·4조의 형식이다. 나옹은 고려 공민왕 때의 스님이니 그의 작품이 한글로 기록될 수 없었다. 그렇다면 〈서왕가〉는 어떻게 한글로 기록되어 남았는가? 비밀의 열쇠는 사람들의 입에 있다. 고려속요 〈가시리〉, 〈청산별곡〉 등과 같이 그 구전된 내용이 조선 성종 임금 때부터 한글에 의해 정착될 수 있었다.

절의 스님들이 속세의 중생에게 부처의 진리를 깨우치도록 권해야 하는데 한문으로 된 불경을 들려주면 알아듣지를 못한다. 신라 때에도 한글은 없었지만 한자의 음과 뜻을 빌려 향가를 지었다. 그러나 고려 때에는 민생이 몽고에게 시달리고, 또 뒤에는 송나라로부터 한학이 더 많이 들어와 향가의 표기 방법이 쇠퇴하고 끊기었다. 그럼에도 불구하고 고려속요는 3백여 년이나 구전되어 남았다. 마찬가지로 좀 더 산문적인 형태를 갖춘 가사체가 구전될 수 있었다. 그리고 결국 조선조에 넘어와서 한글로 정착되었을 가능성을 국문학계에서도 대체로 긍정한다. 그리하여 〈서왕가〉가 우리나라

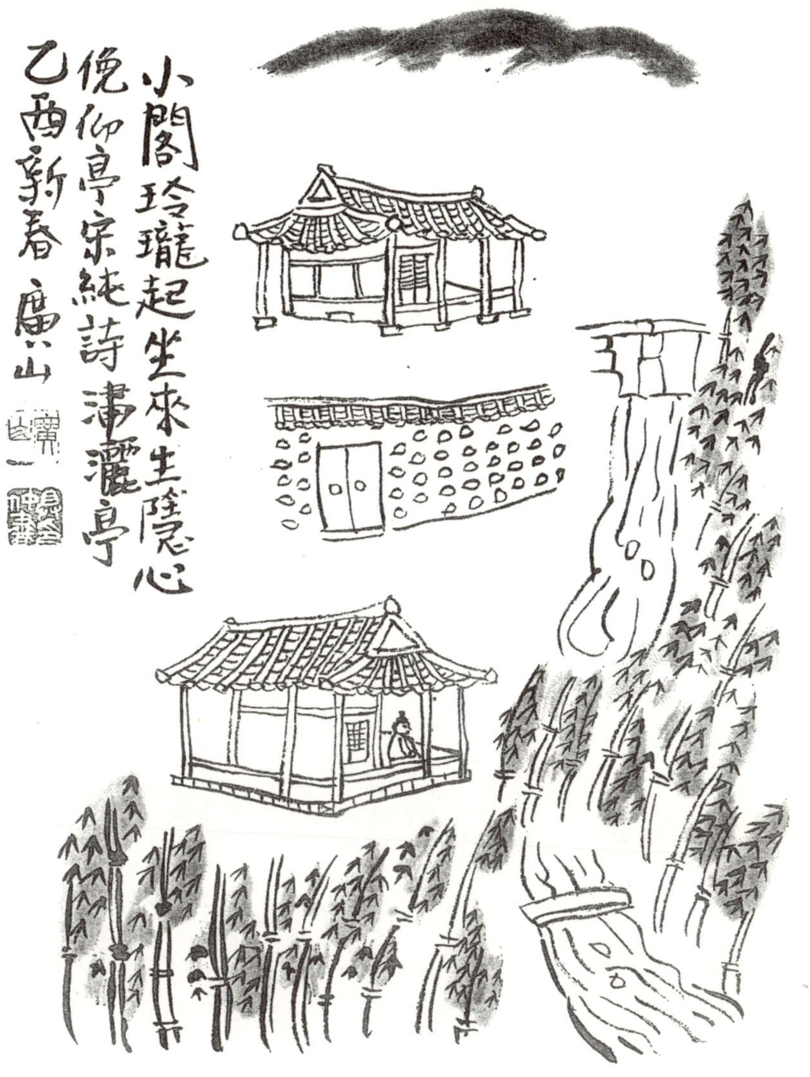

담양의 소쇄원

가사 문학의 첫 작품으로 여겨지기도 하는 것이다.

> 나도 이럴망정 세상의 인자러니
>
> 무상을 생각하니 다 거짓 것이로세
>
> 부모의 끼친 얼굴 죽은 후에 속절없다
>
> 적은 동안 생각하여 세사를 후려치고
>
> 부모께 하직하고 표주박 장삼에
>
> 지팡이를 빗겨 들고 명산을 찾아들어
>
> 선지식을 친견하여 마음을 밝히려고
>
> — 목판본 〈서왕가〉 초두

다 지켜지지는 않았으나 4·4조 4음보의 틀이 있다. 이탈된 음수율은 오히려 평민 가사다운 자유로움을 보여준다. 이리하여 우리나라 가사 문학의 첫 작품이라는 뜻으로 〈서왕가〉가 담양의 가사 문학관에 전시되어 있는 것이다.

문학은 고답적으로 갇혀 있는 것이 아니다. 가사 문학의 4·4조 또는 3·4조 음수는 현대 시에도 많이 이어지고 있다. 비근하게는 시중의 소방서 표어에도 쓰인다. "꺼진 불도 다시 보자"가 있다. 제1공화국 말기 대선 때에 민주당이 내건 선거 표어도 있다. "못 살겠다 갈아보자." 표어의 사회적 쓰임새는 대단히 크다. 이러한 현상을 세상이 문학에서 얻어 쓰는 것인지, 문학이 세상에서 얻어 쓰는 것인지 꼭 단정하지 않아도 될 것이다. 어차피 세상과 문학의 사이는 떼어놓을 수 없는 것이다.

그리하여 담양을 중심으로 한 호남의 문인들은 조선조에 모두 정치에 참여했다. 영남의 문인들도 마찬가지였다. 퇴계 이황도, 서애 유성룡도 그렇게 했다.

일찍 은둔으로 돌아오는 경우라도 대개 과거에 급제하는 과정은 거쳤다. 소쇄원의 양산보와 식영정의 임억령이 그러했다. 임억령은 은퇴할 때의 자리가 담양 부사였다. 같은 고장에서 그는 관직으로부터 정자로 옮겨 앉은 것이다.

호남 문인으로 또 비교적 일찍 은둔한 이로서 김인후가 있다. 그도 과거에 급제하고 승문원에 들어가 벼슬을 했다. 학덕이 높은 신하들로 하여금 임금이 초청해 독서당에 모여 지내게 한 제도가 있었는데, 그곳을 호당(湖堂)이라고도 했다. 그곳에서 지내는 것은 최고의 명예이며 특혜였다. 김인후는 1541년 32세 때에 퇴계 이황과 함께 이 호당에 들어가 지냈다.

그러나 기묘사화, 을사사화 등 시대가 의롭지 않은 길로 가며, 자신이 그 사태의 부당함을 주장해도 문제가 해결되지 않으므로 그는 낙향했다. 고향 집은 장성에 있지만, 스승인 송순의 면앙정과 사돈인 양산보의 소쇄원을 왕래하면서 그는 정철을 비롯해 기대승, 고경명 등 후진을 가르쳤다. 그가 쓴 1천6백여 수의 시가 「하서집」에 남아 있다.

지식인들이 이만큼 정신생활을 풍부하게 하며 산 시대와 나라가 또 어디에 있을까.

임제와 황진이

사람의 생애는 얼마나 길까? 인생은 짧고 역사는 영원하다. 하물며 같은 시대, 한 고장에 산 사람들의 모습에는 얼마나 큰 의미가 있을까?

담양 정자 문화권 사람들 속에서도 범위를 더 좁혀, 면앙정 송순이 87세에 회방연을 열었을 때 가마에 송순을 태운 네 명의 제자를 다시 살펴보자. 한 테두리에 드는 이 적은 수의 사람들도 각기 성격이 다르고 역할이 다르다.

그러면서 한 시대, 한 고장, 한 스승의 영향을 받았다는 공통점도 있다. 다양성 안의 일치, 이것만이라도 가능하다면 세상을 보는 원리로서 최선의 잣대가 될 수 있다. 그리고 이 잣대는 역사 안에서 시대를 초월해 서로 통하는 의미가 될 수 있다.

네 명의 제자 중 가장 먼저 세상을 떠난 이는 백호 임제다. 그는 전라도 나주 사람으로 1577년 문과에 급제하고 예조 정랑의 벼슬에 들어섰다. 그의 가문은 원래 무인 집안이다. 아버지 임진이 5도 병마절도사를 지냈다.

아버지가 제주 목사로 가 있던 때에 임제가 과거에 급제했다. 그는 아버지를 만나기 위해 바다 건너 제주도로 가는 배를 타려 했다. 마침 폭풍이 심한 날이므로 배가 뜨지 못한다고 했다. 임제가 괜찮다며 강청해 배를 타게 되었다. 함께 탄 사람들이 모두 멀미를 해 쓰러졌는데, 임제 혼자만 버티고 앉아 시를 썼다. 그때 임제의 괴나리봇짐에는 세 가지 물건이 들어 있었다. 과거에 급제하여 임금으로부터 받은 어사화, 그리고 거문고와 칼 한 자루였다.

문인이 칼을 가지고 다닌다는 것은 이상한 일이다. 그만큼 그의 성격은 보통 사람과 달랐다. 이것은 그가 무인 기질을 가졌다는 뜻도 된다. 과연 뒤에 그는 북도 병마사라는 직위를 갖기도 한다.

다시 평안도 도사가 되어 서울에서 평양으로 가는 길에 임제는 개성을 지나게 되었다. 한때 송순이 개성 유수로 가 있을 때 임제가 찾아가 박연폭포에서 함께 풍류를 즐긴 일도 있었다. 동석한 이 중에는 스님들도 있었다. 임제와 송순은 스님들을 사귀며 서로 시를 주고받았다.

평안도 도사가 되어 가는 길에 개성에 다시 들른 임제는 풍류남아의 기질을 보였다. 당시 세상을 떠난 지 얼마 되지 않은 명기 황진이의 무덤을 찾아 술을 한 잔 부어놓고 시조 한 수를 읊었다.

청초 우거진 골에 자는가 누웠는가
홍안은 어디 두고 백골만 묻혔나니
잔 잡아 권할 이 없으니 그를 슬퍼하노라

「청구영언」과 「해동가요」에 실려 국문학사에 남는 작품이다.

글을 잘하던 황진이의 대표 시조는 "청산리 벽계수야……"다. 이것은 조선조 왕실 출신으로 입산을 한 벽계수라는 남성에게 바친 시조로 역시 「청구영언」에 실려 있다. 임제도 황진이를 만난 일이 있는 것으로 전한다. 송순이 개성 유수로 있을 때 한자리에서 만났을 법하다.

임제는 이른바 방외인(方外人)으로, 관계나 지식인들로부터 소외당하며 풍류 가객처럼 살았다. 그의 심중에는 당쟁으로 병든 세태에 대한 개탄이 있었다. 그리하여 오히려 여기저기 산간의 절을 찾아다녔다. 끝내 그는 건강도 잃고 서른아홉 젊은 나이로 일찍 세상을 떠난다. 스승 송순보다도 다섯 해를 앞서 간 생애였다.

회방연 자리 제자 중 가장 진지하게 산 인물은 고봉 기대승이다. 전라도 광주 송현동에서 태어난 그는 1554년에 동당향시에 장원으로 급제했다. 1558년에 서른두 살의 기대승은 서울에서 스물여섯 연상인 퇴계 이황을 만났다. 그리고 그 이듬해에 퇴계에게 철학적 질문을 내용으로 하는 첫 편지를 썼다.

퇴계와 기대승의 8년간의 편지

퇴계는 기대승에게 답장을 썼다. 이렇게 시작된 편지의 왕래는 12년 동안 계속되었고, 그중 8년은 유학(儒學)에서 보는 인생의 원리에 대해 대화와 토론을 이어나갔다. 우편물을 나르는 자동차도 없고 편지를 배달하는 우체부도 없었던 당시에 누가 이 편지들을 날랐을까? 경상도 안동에서 전라도 담양까지, 또는 그 시골에서 서울까지 편지를 나른 사람은 그 두 집의 하인이었다. 심부름꾼에게 객사의 장국밥 값이라든가 짚신을 새로 사서 갈아 신을 돈을 주어야 했으니, 편지 내용보다도 이 끈질긴 성의가 얼마나 대단한가.

이 편지의 논리를 다루느라고 이황과 기대승은 8년 동안 머릿속이 한가할 날이 없었다. 그 편지 내용은 「사단칠정분이기왕복서」 2권으로 역사에 남아 있다.

당초에 정지운이라고 하는 재야 학자가 있었다. 그는 벼슬길에도 나아가지 않고 집에서 학문만 연구했다. 그는 하나의 성리학 이론서로 「천명도설」이란 책을 써서 당대의 이름 높은 학자 퇴계 이황에게 보냈다. 내용을 검토하고 가르침을 달라는 것이었다. 그는 퇴계보다 여덟 살이 아래였다.

퇴계는 이 책을 받아 보고 고쳤으면 하는 데를 일러주고, 대체로 잘된 내용이라고 칭찬했다. 그리고 그 책의 뒤에 붙이라고 발문[後敍]까지 써주었다. 이 발문의 내용이 바로 퇴계의 성리학 요지인 '사단칠정론(四端七情論)'이다.

'인간성'이란 것을 원리적으로 어떻게 보아야 하는가? 퇴계는 말했다.

사람에게는 가여워하는 마음[惻隱之心]·부끄러워하는 마음[羞惡之心]·사양하는 마음[辭讓之心]·따지는 마음[是非之心]이 있다. 이것은 선과 악의 구별이 없는 단서로서 본성적인 이성이고 변함이 없다. 이것은 이(理)에서 발단하는 것이다. 다음으로 사람에게는 기쁨·노여움·슬픔·두려움·사랑·미움·욕망이 있다. 이것은 선과 악의 영향을 입으며 발생하는 감정적 기질이고, 변할 수가 있다. 이것은 기(氣)에서 생기는 것이다. 이렇게 인간성에는 '이'와 '기', 두 요소가 있다.

퇴계의 이 '사단칠정론'의 논거를 접하고 가장 먼저 다른 의견을 가진 사람이 기대승이다. 그리하여 그는 퇴계에게 이의를 제기하는 편지를 썼다.

인간성 안에 4단과 7정의 구별이 있다는 것은 머리나 말로써는 가능하다. 그러나 실제로 사람이 살아가는 데 있어서 마음의 이 요소들은 각기 따로 발생하는 것이 아니고 함께 발생한다고 생각된다. 그러므로 차라리 '이기공발론(理氣共發論)'을 주장하겠다.

기대승의 이러한 생각을 역시 이론적으로 따지자면, 우선 인간적인 직관이 기대승에게서 돋보인다. 가령 '인간'은 육체와 영혼의 결합이라는 이론 이전에 이미 존재한다. '말'은 목소리와 모국어의 결합이라는 이론 이전에 이미 발설된다. 두 살짜리 어린아이가 "엄마", "아빠"라고 부르는 것이 바로 말이다. '물'은 H_2O라는 설명 이전에 이미 있다. 그러니까 기대승이 인간성의 기능들이 함께 발생한다는 공발론을 주장한 것은 뛰어난 생각이다.

이황과 기대승 사이에 이어지는 토론은 당시의 지식인 사회에 널리 알려졌다. 율곡 이이도 이 토론에 개입했다. 이이는 '이기이원론적 일원론'을 주장했다. 그 뜻은 기대승의 생각과 비슷했다. 퇴계도 뒤에 이기호발론(理氣互發論)을 펴 원래의 자기 이론을 조금 수정했다.

그러나 이것으로 토론의 승패가 가려진 것은 아니다. 퇴계 자신도 기계적인 이론을 좋아한 편이 아니었다. 퇴계도 이론보다는 평범한 일상 속에 진실이 있다고 생각했다. 지성과 행동의 일치를 중요시했으며 성의와 공경하는 마음으로 사람을 대해야 한다고 했다. 그리하여 그는 훨씬 나이가 아래인 사람들의 의견도 겸허히 받아들였다.

기대승의 나이 마흔둘이 되던 1568년에 퇴계는 「성학십도(聖學十圖)」라는 책을 기대승에게 보내며 잘못된 데가 있으면 지적해달라고 했다. 그는 기대승을 학문 연구에 있어 같은 수준의 동료로 대우한 것이다. 퇴계는 매화를 읊은 한시 여덟 수를 지어 기대승에게 보내고, 기대승은 답으로 역시 매화를 읊은 한시 여덟 수를 퇴계에게 보냈다. 그들은 매화가 아름다워서라기보다 추위 속에서도 향기를 잃지 않고 피어 있는 꽃이기 때문에 좋아한다고 했다. 기대승은 서울에서 퇴계를 만나면 스승으로 모셨다. 퇴계가 관직이 싫어 고향으로 떠나는 날이면 한강 나루에까지 나와 배웅하며 슬퍼했다.

한강 물은 도도히 만고에 흐르는데

선생이 떠나심을 어찌 붙잡으랴

모래밭 뱃머리에 머뭇거리며

이별하는 시름 무게 만 섬이런가

―기대승, 〈봉별 퇴계 선생〉

율곡 이이도 퇴계의 이기론에 이의를 제기했지만 그의 인격을 존경하는 마음은 극진했다. 이기설의 입장이 다르다 하여 세상에서는 퇴계 쪽을 영남학파라 하고 율곡 쪽을 기호학파라 했다. 심지어 이 학설의 입장 차이를 동인과 서인의 당쟁에 이용하기도 했다. 그러나 퇴계의 별세 소식을 듣고 율곡은 얼마나 슬퍼했던가.

옥과 금처럼 순수한 그 기품
위아래 백성이 혜택을 바랐는데
물길 돌리고 길을 연 책만이 새로워라
먼 남쪽 하늘 밑 저승 이승 갈리니
애끊는 눈물 속 해주에 서 있구나

─이이, 〈곡 퇴계 선생〉

일본의 도요토미 히데요시와 같은 나이인 율곡 이이는 왜구의 침입에 대비하는 '10만 양병'을 주장했다. 그 건의가 나라에 받아들여지지 않으니 그는 해주로 내려가 묻혀 지냈다. 그리고 일본은 결국 대군을 파견해 조선 반도를 유린했다.

임진왜란을 맞아 누가 나라를 구했는가? 그것은 이순신 장군이다. 이순신 장군을 누가 기용했는가? 그것은 이조판서 유성룡이다. 유성룡을 누가 정계에 내보냈는가? 그것은 스승인 퇴계 이황이었다. 유성룡은 선조가 왕위에 오르기 전인 하성군(河城君) 때부터 서울에 올라와 만나고 친구가 되어 지냈다. 그는 선조 임금 시대 최대의 공신이 되어 이순신을 발탁했다. 이 과정을 예시하고 지시한 이가 퇴계였다.

퇴계는 은둔하여 낙동강 상류 도산서원에서 산책만 즐긴 것이 아니다. 율곡이 하다가 실패한 일을 퇴계가 한 셈이다. 유성룡을 통하여, 이순신을 통하여. 이순신의 조선 수군(水軍)이 23전 23승을 해 왜군을 패주케 한 공적에는 이퇴계와 유성룡의 음덕이 있었던 것이다.

이순신은 1592년 7월 8일 한산섬 앞바다에서 왜선 일흔세 척을 격파하고 전황을 승세로 몰아갔다. 바로 그 다음 날인 7월 9일 담양의 의병장 고경명은 금산에서 왜군과 싸우다가 전사했다. 그의 죽음은 호남 의병의 기폭제가 된다.

퇴계의 제자 유성룡 계열인 이순신은 이렇게 하루를 사이에 두고 면앙정과 기대승의 계열인 고경명과 나란히 지행합일(知行合一)의 현장에 있었다.

영남학파와 호남학파의 성리학은 결론적으로 무엇인가? 근본적 단서로서의 이성(理性)은 절대적 차원에서 변하지 않는다. 감각과 감정으로서의 기질(氣質)은 상대적 차원에서 변할 수도 있다. 차질이 생기면 현실에 적응해 개혁하면 되는 것이다. "절대 불변하는 보편적 진리"를 위해 8년 동안 편지를 나른 사람들을 우리는 기억하

고 사랑해야 할 것이다. 사필귀정의 역사 발전은 오늘도 계속 유효
하기 때문이다.

어떤 촛불 행렬

문화는 물과 같다. 문화가 풍부해지면 혼자 쌓여 산처럼 커지는
것이 아니다. 훌륭한 문화는 다른 데로 흘러간다. 거기에 또 문화가
있으면 물에 물이 섞이듯이 하나가 된다.

담양 정자 문화권을 중심으로 한 호남학파는 안동 도산서원을 중
심으로 한 영남학파와 16세기에 이미 하나였다. 고봉 기대승은 퇴
계 이황과 하나였다. 송강 정철은 율곡 이이와 하나였다. 1567년 서
른둘의 나이로 정철은 홍문관 수찬 자리에 있었다. 그때 명종 임금
이 송강과 율곡을 함께 호당(湖堂)에 초청했다. 임금과 신하들이 함
께 여가 시간을 가지며 시를 짓고 학문을 논하는 자리였다.

율곡과 깊은 우정을 나눈 송강은 율곡에 대한 시도 여러 편 썼다.

그대의 뜻은 산과 같아서

끝내 움직임이 없는데

내가 가는 길은 물과 같으니

송강정 옆에 세워진 송강 시비

이제 떠나면 언제 돌아오나

　－정철, 〈증별 율곡〉

　율곡도 물 같은 사람이지만 그의 침착을 존중해 송강은 율곡을 산과 같다고 했다. 송강은 좀 더 요란하게 흐르는 사람이었다. 벼슬도 많이 해 우의정에 올랐으나, 일생에 귀양도 많이 갔고 담양에 낙향한 것이 네 차례였다. 그리고 끝내 그는 강화 송정촌에서 가난에 시달리며 생애를 마감했다.

　쉰여덟 나이가 되도록 가난 속에 죽으려고 송강 정철은 파란만장한 삶을 살았던가. 가난 외에 그에게 남은 것이 있다면 그것은 무엇인가? "바다 밖은 하늘이니 / 하늘 밖은 무엇인고" 존재 근원에 대한 물음이었다. 〈성산별곡〉, 〈사미인곡〉, 〈관동별곡〉과 시조 등이었다.

이고 진 저 늙은이 짐 풀어 나를 주오

나는 젊었거니 돌이라 무거울까

늙기도 서럽거늘 짐을조차 지실까

정철의 이 시조에는 담양 정자 문화의 결론이 담겨 있다.

"진리를 즐기고 백성을 이롭게 해야 한다[樂道利民]."

송강정. 정철은 이곳에서 〈사미인곡〉과 〈속미인곡〉을 지었다.

이것이 그들의 목표였다.

시를 잘 짓기로는 제봉 고경명도 빼어났다. 그는 담양의 식영정 시단 4선(四仙)의 한 사람으로, 정철이 과거에서 장원으로 급제하던 자리에 시험관으로 있었다. 그는 정철을 잘 뽑았다고 주변의 치하를 받기도 했다.

율곡 이이는 고경명에게 "그대의 문장은 나라를 빛낼 수 있다"라고 했다. 함께 명나라 사신을 맞이하던 자리에서 율곡은 고경명의 시로 화제를 삼았다.

손은 대숲에 비가 온다 하고
스님은 얼음 밑 여울물 소리라네
늙은이 이불 감고 모로 누워도
하늘에선 구름이 절구질하네

　　　　－고경명, 〈서봉사의 밤〉

구체적 형상성과 생동하는 서정이 비 오는 밤의 천둥소리를 실감케 한다. 명종 임금이 특히 고경명의 시 짓는 격조를 높이 평가했다.

홍문관 부수찬 고경명이 왕명을 받들어 평양에 가서 유생(儒生)들에게 시를 짓게 해 가지고 돌아왔다. 왕이 중신들에게 검토케 하고 말

소쇄원 숲을 들어서면 대숲이 손을 반긴다.

씀을 내렸다. 날씨가 추워 술을 내리니 주량에 따라 편안히 늦게까지
마시라는 것이었다. 또한 돌아갈 밤길을 위해 초를 내렸다.

- 명종실록 16년 10월 24일

임금은 고경명을 평양에 보내 그곳 선비들의 시를 받아 오게 했
다. 그리고 술을 마시고 날이 어두워지면 촛불을 들고 궁 밖 거리로
나갈 수 있도록 초를 나누어주었다.

성종 · 중종 · 명종 임금 시절에는 신하들이 궁중에 초대되어 시를
지으며 술을 마시는 기회가 있었다. 밤이 되어 궁 밖을 나가는 신하
들은 임금이 나누어준 촛불을 들고 거리에 나서게 된다. 시중의 사
람들은 이것이 무슨 촛불 행렬인가 하고 신기해하며 바라보았다.

이 촛불 행렬을 이루는 사람들은 봉건 왕조 시대의 공직자로서
호사를 누리는 격이었다. 그러나 이 행렬 속의 고경명이 뇌물을 받
고 축재를 하는 일은 없었다. 동래 부사 시절의 고경명은 일본인들
과 교역이 이루어지던 곳의 혼탁한 분위기를 벗어나 있었다.

고경명은 청렴결백하게 처신해 한 점의 티끌도 몸에 묻히지 않았다.
그리하여 아전과 백성들이 즐거워했다.

- 윤근수, 「월정집」

식영정 앞에는 광주호가 펼쳐져 있고, 뒤에는 소나무 숲이 울창하다.

공직 생활에서 보인 고경명의 모습이었다.

그는 여기에서 그치지 않았다. 1592년 임진왜란이 일어나자 의병장이 되어 담양에서 모병을 시작했다. 김천일과 함께 6천 명의 의병을 광주에 모이게 한 후 그는 말을 타고 전장으로 떠났다. 울면서 따라오는 아들 용후에게 "살아서 우리 부자가 다시 만나지는 못한다"라고 했다.

금산에 들어온 왜군과 결전을 치르기 전에 고경명은 윗옷 안섶에 자신의 이름을 써놓았다. 이미 죽음을 각오하고 뒤에 사람들이 자신의 시체나마 찾을 수 있게 표시를 해둔 것이다. 그리고 적군과 싸우다가 죽음을 맞이했다. 이미 예순의 나이에 이른 시인이 의병장으로 전장을 찾아가 죽었다. 아름다운 그의 수많은 시는 그 고고한 행동과 죽음에 가려 뒷날 사람들에게 덜 알려졌다.

16세기에 지식인들이 모여 시를 짓다 밤에 촛불을 들고 장안 거리를 걸어가던 나라. 이 촛불 행렬 속의 시인이 죽창을 들고 의로운 전장을 찾아가던 나라. 그 시대에 그러한 일이 있을 수 있었던 힘의 근거는 무엇인가? 진리를 즐기며 민중을 위하는 문화, 그것이었다. 역사 안에서 그 문화의 의미는 시대를 넘어 길이 이어질 것이다.

어떤 시대라도 앞과 뒤가 없이 단층만으로 존재하지는 못한다. 한 시대 안에서도 현실의 전형적인 현장이 없으면 의미가 공허해진다.

16세기 담양 정자 문화권을 전반적으로 살피는 것은 21세기 오늘의 한국과 결코 무관하지 않다. 아니 오히려 새로운 역사적 역동성을 그때 그곳으로부터 오늘 우리가 얻을 수 있다.

8년간 천 리 산길을 달려 철학 편지를 나른 심부름꾼의 짚신 값을 오늘 우리는 어디로 보내줄 수 있을까.

고구려는 살아 있다

역사의 흐름은 일정하게 직선을 그으며 뻗어가는 것이 아니다. 어떤 데서는 앞으로 나아가는 속도가 더디고 또 어떤 데서는 옆으로 돌아서 가기도 한다. 강원도의 동강을 보면 꾸불꾸불 휘어지는 물굽이가 하도 심하여 마치 이미 흘러온 데로 되돌아가는 듯한 모습도 보여준다. 그러나 물은 계속 앞을 향해 흘러간다. 동강은 남한강에 합류하고 황해를 거쳐 오하일미(五河一味)의 큰 바다 태평양으로 간다.

우리가 사는 이 시대도 어떤 때는 마치 역류를 하고 있는 듯한 느낌이 든다. 이 밝은 시대에 일본은 다른 나라를 침략한 지난 잘못을 덮어버리는 역사 교과서를 만들어 학생들에게 가르치려 하고 있다. 동해의 울릉도 옆에 붙어 있는 독도가 자기네 영토라고도 주장한다. 중국은 한국의 편을 들며 일본에 대해 항의한다. 젊은 학생들이 각 도시에서 항일 시위의 대열을 이룬다. 그런데 이 중국이 한국에 대해 또 달리 엉뚱한 태도를 취하고 있다. 한국의 고대국가 고구려가 중국에 속해 있었다고 한다. 연길 조선족 자치주를 견제하는 이른바 동북공정을 추진하고 있는 것이다.

이렇게 되면 청국과 일본이 한반도의 성환과 평양에서 전투를 벌였던 청일전쟁이 생각난다. 그때에도 두 나라는 조선에 대한 영향력을 가지려고 조선 땅에 들어와 총을 쏘며 싸웠다. 그런데 지금 또다시 동아시아의 두 이웃 나라가 한국에 대해 이상한 언행들을 보여주고 있는 것이 아닌가?

그러나 지금 한국은 지난 시대의 그 허약했던 구한국과는 다르다. 오늘의 한국은 경제 면에서 세계 10위권에 든다고 하며 첨단 기술의 두세 분야에서는 세계 1위라고도 한다. 전투 경험을 가진 막강한 군대도 가지고 있다. 군사독재를 물리치고 민주주의 질서를 정착시킨 국민도 있다.

그런가 하면 이 두 나라는 어떤가? 중국은 공산당 1당 정치를 하고 있다. 일본은 국민이 고대로부터 믿어오는 신(神)의 수가 「일본서기」에 의하면 80만, 「고사기」에 의하면 8백만이다. 그만큼 보편적 가치관을 가지고 있지 못하다. 그러므로 신사참배를 하고 극우적 과격 발언을 하는 사람이 정계의 요직에 들어가게 된다. 이러한 일본이 지난 시대에 다른 나라를 침략한 과오를 반성하기는 어려우며 역사 교과서의 개악 사태를 시정하는 것도 기대하기 어렵다.

세계적으로 문화 전통이 보배로운 곳간을 이루고 있다는 평을 듣는 이른바 '동아시아'의 실상이 막상 이러하다. 이러한 현실에서 한국은 어떻게 해야 할까? 일찍이 조선조 말엽에 다산 정약용이 말했다.

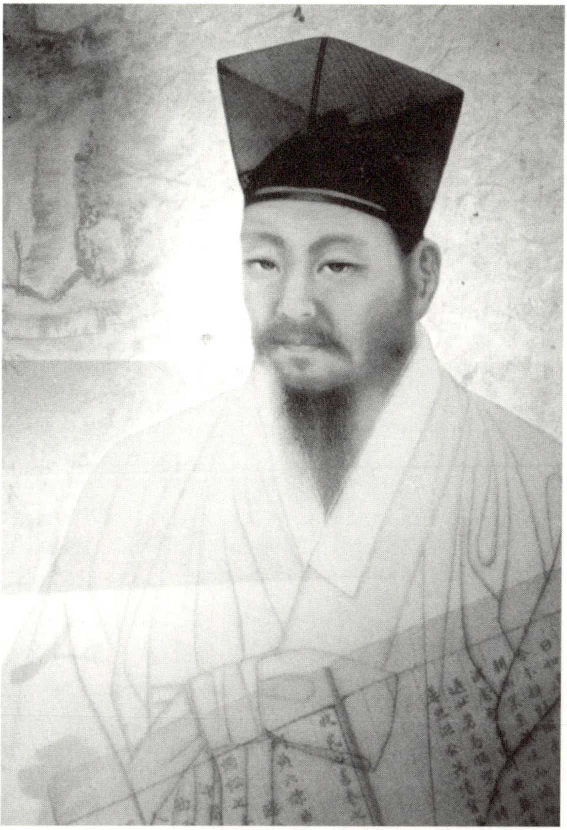

다산 정약용은 조선조 말엽에 동아시아의 실상에 대해 말한 바가 있다.

만리장성 남쪽에 있는 나라가 스스로 중국이라 부르고, 요하 동쪽에 있는 우리나라를 동국이라 부른다. 동국의 사람으로서 중국에 유람을 가는 것을 사람들이 부러워한다. 내가 보기에는 그 중국이 중앙이라는 뜻으로 생각되지 않는다. 우리나라가 동쪽에 있는 나라라고 생각되지도 않는다. 무릇 해가 떠서 정오를 이루고 내가 서 있는 곳이 동쪽과 서쪽의 중앙이다. 중국이 따로 없고 동국이 따로 없다.

굳이 중국으로 자처하는 이들이 있다면 일찍이 그곳에 요나라와 순나라의 덕치가 있었고 공자와 맹자의 학문이 있었기 때문일 것이다. 지금의 청나라를 중국이라 부를 까닭이 무엇인가? 옛 성인들의 덕치나 학문에 대해서는 우리나라도 이미 알게 되어 여기에 옮겨놓았다. 먼 곳까지 가서 무엇을 구해 올 필요가 없다.

나의 친구 한치응이 조정의 명에 의해 북경에 가면서 자만하는 모습이 있어 내가 이 이치를 전해주고 싶다.

서양에서도 마찬가지다. 그리스의 소크라테스 · 플라톤 · 아리스토텔레스가 아테네의 아카데미 숲 속을 거닐며 제자들에게 던진 화두는 "너 자신을 알라"였다. 서양은 그리스로부터 정신 영역의 거의 모든 것을 배웠다. 그러나 그리스가 서양을 지배하는 패권적 제국은 아니다. 다만 각 민족과 인간 각자가 "나 자신을 알도록" 지혜를 전해준 다음에 그리스의 역할은 끝났다.

오늘의 중국은 그리스와는 다르게 경제 면에서 큰 성장을 하고 있다. 이것이 광대한 국토와 인구를 동반해서 국제 정치의 면에서도 중국의 위상이 커질 법하다. 그러나 물리적인 힘만으로 나라의 위상이 커진다는 것은 하나의 패권주의 국가가 되는 것일 뿐이다.

이 양명한 세기에 나라다운 나라가 되려면 인간 본성과 자연법적 질서에 맞는 사회가 되어야 한다. 그러려면 언론과 종교의 자유가 있어야 한다. 적어도 양당제 정치 구도가 있어서 민의가 정부를 바꾸는 능력을 가져야 한다. 지금 중국은 중국식 사회주의를 한다고 하는데 실상은 중국식 자본주의를 하고 있는 것이다. 성장을 위한 능률에 효과를 내고 있는 셈이지만 그 성장의 열매는 누구의 차지인가? 유일 정당의 간부들이 관료화하고 그 관료들이 경제를 차지하는데, 내륙 오지의 백성들은 마을의 공중변소를 사용하는 전근대적 생활을 하고 있다. 이러한 문제가 해결되려면 양명한 민주주의 사회가 되는 길밖에 없다.

미국이 민주주의의 나라라지만 제3세계를 돌보지 않는 패권 국가라는 비판을 면치 못하고 있다. 미국은 반성을 해야 할 것이다.

그러나 민주주의의 또 다른 지역이 있다. 조합주의로 균등하게 복지를 누리는 스칸디나비아의 나라들은 이상적인 민주주의 사회를 이루고 있다. 한국이 가야 할 길도 결국 이러한 데에 있을 것이다.

그런데 한국은 특수하게 이웃 나라들로부터 위협을 느끼고 있다.

이것은 불행한 일이다. 하지만 한국이 중국이나 일본에 일일이 시시비비로 임하는 것도 피곤한 일이다. 남의 나라에 대해 내정간섭을 한다는 데에 한계가 있기도 하다. 일찍이 덴마크가 "밖에서 잃은 것을 안에서 찾자"라는 표어를 내건 적이 있다. 오늘의 한국도 안에서부터 떳떳하고 자기 신뢰가 큰 나라가 되어야 할 것이다.

우리나라는 일찍이 512년(지증왕 13년)에 울릉도를 우산국이라 부르며 그 옆에 붙어 있는 독도까지 차지해왔다. 지금도 한국 사람들이 그 섬에 올라가 발로 디디고 서 있으니 별 문제가 없다. 중국은 고구려가 중국의 것이었다고 하지만 압록강과 두만강 이남에서 한국 민족이 살고 있으면 그만이다.

일설에는 앞으로 한반도가 통일을 이룬 후에 만주의 간도를 되찾으려 할 것을 우려해 중국이 미리 고구려사를 왜곡까지 하며 으름장을 놓는 것이라는 추측도 있다. 세계의 역사 안에서는 어쩔 수 없이 국경이 변한 경우가 있고, 아주 소멸해버린 민족도 있다. 만주의 여진족이 한때 중국 대륙을 지배해 청나라를 세웠으나 문화적으로 한족에게 흡수되고 말았다.

철학자 자크 마리탱은 그의 저서 「국가와 인간」에서 말했다.

국가는 역사 안에서 성립하고 해체되는 예가 비교적 자주 있는 데 비해 민족은 더 오래간다. 민족은 지역과 인종에 의해서만 이루어지는 것이 아니고 '문화적 혈통' 에 의해서도 이루어지기 때문이다. 그리고 민족은 사람들에게 제2의 천성을 갖게 한다.

문화적 혈통은 무엇보다도 언어에 의해 이루어진다. 앞으로 한반도의 통일을 가능케 하는 가장 큰 힘도 '민족 언어' 가 될 것이다.

한국은 중국과 언어 면에서 사뭇 다르다. 중국어는 문법이 없는 단음절 언어인데 한국어는 문법이 있는 다음절 언어다. 한국어의 이러한 성격은 알타이어족의 특징이다. 세종 임금이 학자들과 더불어 한글을 만든 이유가 그것이다. "나라말이 중국과 달라 문자로써 서로 통하지 않는다"라는 것이다.

한반도의 북쪽에서 나라를 세운 고구려가 중국의 한족으로서 반도의 일부 지역에 들어와 있는 한사군을 끝내 용납하지 못하고 밀어낸 것도 언어의 불통이 큰 이유였다. 고구려가 멀리 아시아의 북쪽 유라시아 길목에 위치해 있던 돌궐(투르크)족과 가까이 지내려 한 것도 알타이어족이라는 유대감 때문이었다.

중국 수나라의 양제는 612년(고구려 영양왕 23년)에 고구려와 돌궐의 내통에 불만을 품어 몸소 군대를 이끌고 고구려를 침공했다. 이때는 고구려가 이미 도읍을 평양으로 옮겨놓은 뒤였다. 고구려라고 왜 만주의 넓은 땅에서 살고 싶지 않았겠는가? 그러나 중국 대륙의 한족이 계속 요동, 만주와 한반도에까지 영토를 넓히려고 공격했다. 고구려는 중국 연나라의 모용황이 이끄는 군대에게 환도성 도읍지를 유린당한 후 도읍을 평양으로 옮기게 된 것이다. 넓은 땅, 큰 나라를 동경하는 마음만은 우리 민족에게 오래 지속되어 왔다.

대동강 변 쑥섬 공원에서

함석헌의 「뜻으로 본 한국 역사」는 개편된 책이고 그 원전은 그가 일제시대에 정주 오산학교 조선사 교사로 있으면서 쓴 「성서적 입장에서 본 조선 역사」다. 이 책에 〈민족의 당당한 출발〉이란 소제목이 붙은 다음과 같은 서술이 있다.

> 헤아릴 수 없는 태고의 어떤 날
>
> 망망한 만주 평원의 초원 위에 트는 여명의 빛,
>
> 억만고 사람의 자취를 보지 못한 흥안령의 마루턱을
>
> 희망과 장엄으로 물들일 때,
>
> 체구는 장대하고 근육은 강인한 거인의 일군이
>
> 허리에는 제각기 석부(石斧)를 차고 손에는 강궁을 들고
>
> 선발대의 보무로 그 정상에 나타났다.
>
> 흐트러진 두발 사이로 보이는 널따란 그 이마에는

인자의 기상이 띠어 있고

쏘는 듯한 그 안광에는 의용의 정신이 들어 있다.

주먹은 굳게 쥐어 강함을 보이고

입은 무겁게 다물어 근후를 나타낸다.

문득 솟은 해가 결승선을 돌파하는 용자와 같이

일약하여 지평선을 떠날 때

그들은 한소리 높여 여기다! 하고 부르짖었다.

거인배의 우렁찬 소리는 아침 광선을 타고 천뢰와 같이 울리어

끝없는 만주 벌판으로 달려 내려갔다.

이것은 원래 산문 문장인데 한 편의 서사시로도 훌륭하다는 생각에서 내가 줄 바꿈을 해놓았다. 함석헌의 한국사 사관이 영웅주의는 아니다. 그의 사관은 오히려 한국 민족의 '수난 사관'이다. 너무도 넓은 땅에서 당당하게 출발한 고조선의 역사가 고구려의 멸망으로 반도 안에 위축되었다는 것이다. 그의 지론은 "고구려가 요절을 했고 비명횡사를 했다"라는 것이다.

이뿐 아니라 일제의 지배에서 해방된 뒤에는 다시 국토가 남북으로 분단되었으니, 이 역사의 전체 과정이 수난의 역사라는 것이다. 수난의 역사이기는 한데 이것이 무의미한 것이 아니고 인류의 역사에 제공할 어떤 공헌을 소명으로 지닌 수난사라는 것이다. 제2차세

고구려 평양성의 내성 동문이었던 대동문

계대전 후 미국과 소련이라는 두 강대국의 냉전적 대치에 희생된 한반도의 남북 분단은 언제든 재통일을 이룸으로써 '평화'라는 큰 선물을 인류사에 안겨줄 수 있다는 것이다.

그는 늘 민족의 통일을 위해 생각하고 행동했다. 그가 월간지 「사상계」에 〈생각하는 백성이라야 산다〉라는 글을 쓰면서 말했다.

남한에서는 북한을 괴뢰정권이라 하고, 북한에서는 남한을 괴뢰정권이라 하니 우리는 나라 없는 백성이다.

이 글 때문에 함석헌은 반공법 위반으로 감옥살이를 했다.

2002년 10월에 나는 북한에 가보았다. 6·15 남북 공동선언으로 가능해진 일이다. 낮 두 시 인천 공항 대합실에 안내 방송이 울려 퍼졌다.

"평양행 고려 항공기를 타실 분은 9번 게이트로 나가십시오."

9번 게이트에서 밖이 내다보인다. 바로 앞마당에 과연 붉은 별을 그린 북한의 고려 항공기가 대기하고 있다. 마치 국내선으로 김해나 제주 공항을 향해 떠날 때처럼 나는 간단한 출국 신고 쪽지를 내고 항공기에 올랐다.

인천 공항에서 이륙하고 정확히 한 시간이 지난 후 고려 항공기는 평양의 순안 비행장에 착륙했다. 내가 서울 시내 인사동에서 수유리 집에 들어갈 때 차가 밀리는 시간이면 한 시간이 걸린다. 꼭 같은 시간이 걸려서 나는 인천에서 평양까지 갔다.

보통강 여관에 숙소를 정했다. 여관의 정문에서 열 발짝쯤 떨어진 곳에 보통강이 흐르고 있었다. 크지도 않고 조용한 흐름이 거의 지상과 같은 높이를 이룬다. 친근해 보이고 그야말로 보통인 물길이 그 자리에서 고조선을 흐르고 고구려를 흘렀으며 또 지금도 흐르고 있다. 그 강은 대동강과 함께 고구려의 대성산성과 안학궁 근처를 휘돌아 흐르고 있는 것이다.

여관에서 시내에 나다닐 때마다 대동문동에 있는 대동문을 거치게 된다. 대동문은 원래 고구려 평양성의 내성 동문으로 6세기 중엽에 세워진 문이다. 높이가 19미터로 높지는 않지만 2층 지붕으로 된 단아한 문이다. 평양 시내 중로동에는 숭령전이 있다. 1429년(세종 11년)에 세워진 것으로, 단군과 고구려의 시조 동명성왕을 제사 지낸 곳이다. 지금도 전당 안에 단군과 동명성왕의 영정이 안치되어 있으며, 방문객이 들어가 절을 할 수 있다.

내가 평양에서 관심을 가지고 찾은 곳은 대동강의 쑥섬 공원 강변이다. 여기쯤이면 고구려 살수(청천강)대첩 때 수나라 수군(水軍)이 따로 대동강에 들어온 장면을 연상할 수 있다. 을지문덕 장군이 수나라 대군의 침공을 막아내 나라를 구한 살수대첩은 청천강 전선에서만 이루어진 것이 아니다. 바다를 건너온 수나라 수군의 침공이 별도로 대동강을 따라 평양에까지 이르렀었다. 대동강의 수군마저도 고구려군이 격퇴시킨 데서 살수대첩은 비로소 완성된다. 쑥섬은 대동강의 하류가 시작되는 지점이므로 바로 그 싸움의 복판이었다.

612년(고구려 영양왕 23년)에 일어난 수나라 군대의 고구려 침략 전쟁은 한국 민족의 역사에서 뚜렷이 기억되어야 할 대목이다. 이 싸움은 고구려가 한반도 내부에 있는 전선에서 강대국인 수나라의 대군에 맞서 대승을 거두었다는 데 첫 번째 뜻이 있다. 두 번째 뜻은 엄청난 병력의 차이로 고구려군의 전력 규모는 「삼국사기」에 명시

되지도 않았는데, 다만 전략과 용기만을 가지고 대승을 거둠으로써 민족의 저력을 과시한 데에 있다. 수나라 임금이 직접 113만 3천8백 명의 군대를 이끌고 요동으로 쳐들어왔다가 이기기 힘드니까 따로 30만 5천 명의 별동대를 반도에 진입시켜 고구려의 을지문덕 군대와 싸우게 했다. 을지문덕은 수나라 군대를 수도 평양의 30리 북쪽에 있는 청천강에까지 유인했고, 잠복시킨 병력으로 반격을 가했다. 수나라 군대는 길을 찾기에도 막연했다. 압록강을 건너 살아 돌아간 수나라 병력은 겨우 2천7백 명이었다. 「삼국사기」 정사의 기록이다. 세 번째 뜻은 수나라가 살수대첩에서 대패한 것에 이어 두 번이나 복수를 시도했으나 뜻을 이루지 못해 나라 자체가 망하고 말았다는 데에 있다.

　수나라의 대를 이은 당나라도 역시 고구려의 안시성을 공격하다가 실패했다. 이만큼 동아시아 고대의 국제적 세력 관계에 고구려가 미친 영향이 크다.

　이 살수대첩의 또 다른 전장이 대동강이었다. 수나라 수군 사령관 내호아(來護兒)는 바다 위 3백 척의 함대 행렬을 이루고 7만 명의 병력으로 평양에까지 진입했다. 그러나 왕의 아우 건무(建武)가 이끄는 고구려군이 평양성의 외성에 잠복시킨 병력으로 반격을 가했다. 진남포 근처 해포(海浦)까지 살아서 돌아간 병력은 수천 명에 지나지 않았다. 그들은 청천강 쪽의 육군이 패퇴한 것을 알고 별 수

평양 대동강 변 쑥섬 공원에서 필자

없이 본국으로 돌아갔다.

고려조의 정지상은 이 역사의 현장 대동강 변에 서서 시를 지었다.

비 갠 강 언덕에 풀빛이 짙은데

남포로 임 보내는 서글픈 노래

대동강 물이야 언제 마르랴

해마다 이별의 눈물 보태는 것을

— 정지상, 〈송인(送人)〉

　정지상은 문인이었으나 북녘 만주의 옛 고구려 땅을 찾고 싶어했다. 묘청과 의기투합하여 그는 도읍을 평양으로 옮기기를 주장했다. 그러나 묘청의 서경 천도 운동이 실패로 돌아가자 정지상도 잡히어 목숨을 잃었다. 고구려 사람들에게서 물려받은 동경, 넓은 땅에 대한 그리움을 정지상이 앓았던 것이다. 임을 떠나보내는 슬픔이 무엇인가? 이상(理想)을 떠나보내는 것이다. 대동강 변 쑥섬 공원에서 나는 홀로 오래 서성거렸다.

　이 강변 공원에는 또 하나의 역사적 사연이 있다. 1948년 4월에 이 공원의 수목 그늘 아래에서 야유회가 열렸다. 참석자는 김일성·김구·김규식·홍명희·조소앙이었고 이 밖에 여러 명이 더 있었다. 남북 정치 협상, 이른바 정당 사회단체 연석회의는 공식적으로 성사되지 못하고 숲 속의 야유회로 변했다. 북쪽의 한 여성 안내원이 그날 그 야유회의 장면에 대해 설명했다.

　점심 식사로 대동강에서 잡은 숭어 회와 매운탕이 나왔다. 백범 김구가 젊은 시절에 감옥에서 탈옥한 후 스님이 되어 평양 근처 어느 절에 있었을 때 몰래 대동강 숭어를 먹어보았다고 했다. 이 말을 듣고 김일성이 말했다.

　"백범 선생이 그때 스님 신분으로 숭어 고기를 잡순 것은 좀 지나치셨군요."

　좌중에 큰 웃음판이 벌어졌다. 회식 자리 옆에는 원두막도 하나

있었는데 그 안에 장기판이 있었다. 벽초 홍명희는 북쪽의 누군가
와 원두막에 올라가 장기도 한 판 두었다고 한다.

남과 북에서 각기 단독정부를 세우는 일을 막자고 모인 이들이
공식적인 회의는 뒤로한 채, 이렇게 한담과 여흥으로 허탈한 시간
을 보냈다니, 실로 대동강 물에 눈물을 보태야 할 일이다.

평양에 머무르는 마지막 날 옥류관으로 냉면을 먹으러 갔다. 창
밖에 대동강이 흐르고 건너편에 능라도 숲이 보인다. 냉면이 나오
기 전에 손바닥만 한 크기의 빈대떡이 나왔는데 먹어보니 맛이 있
다. 내가 "이 빈대떡 한 장 더 줄 수 있어요?" 하고 물으니 북쪽의
여성 종업원이 미소를 머금고 말한다.

"빈대떡이 아니고 부침개야요."

그렇지. 남쪽에서도 부침개 또는 지짐이라는 말도 쓰지. 요는 이
렇게 말이 잘 통하다니, 이러면 되는 것이다.

쑥섬 공원을 다녀온 날 밤에는 여관 구내에 있는 노래방에 들렀
다. 여관이라 하지만 큰 호텔급 시설이다. 그 안에 다방과 술집과
노래방이 있다. 노래방에는 북한답지 않게 영문으로 'GARAOKE'
라고 쓴 네온사인이 걸려 있다. 일본 투숙자들을 의식한 것 같다.

노래방에서 부르는 노래에는 〈휘파람〉, 〈반갑습니다〉 등 북한에서
인기 있는 곡들이 있지만, 의외로 일제 때부터 불러온 대중가요가 상
당히 있었다. 노래할 때 자막을 보여주는 스크린은 노래 가사와 관계

없는 영상물을 비춰주는 남한과 달랐다. 노래 가사에 일치하는 장면을 만들어 스크린에 올린다. 이야말로 리얼리즘이라고 할지.

노래방에서 나온 뒤 구내 서점에 들러 2001년판 「가요 100곡집」을 한 권 샀다. 대중가요란에 〈고향 설〉, 〈나그네 설움〉, 〈눈물 젖은 두만강〉, 〈목포의 눈물〉, 〈홍도야 울지 마라〉, 〈찔레꽃〉을 비롯해 남한에도 남아 있는 20여 곡의 흘러간 옛 노래가 실려 있었다. 이를 보니 애수와 감상도 인간 본성의 일부이려니 생각되었다. 언어뿐 아니라 노래도 이렇게 남북 사이에 잘 통하고 있다니.

같은 언어, 같은 노래, 같은 문화적 혈통, 같은 민족사의 흐름 안에서 한반도의 남북은 왜 아직도 이산가족으로 살아야 하는가. 어제 묘향산 보현사를 다녀오면서 도중에 건넌 큰 다리 아래 청천강의 한 갈래가 희게 빛나며 흐르는 모습을 보았다. 강의 양쪽이 흰모래와 자갈로 덮여 있었고 물은 맑고 푸르렀다. 강에 청천(淸川)이란 이름이 붙여진 것이 어울렸다. 큰 나라 중국을 크게 이긴 민족의 대표적인 보루가 이 아름다운 강이구나, 생각했다. 청천강이여, 영원하라.

남한 속의 고구려

고구려가 차지한 땅은 남한 지역의 어디까지였을까? 고구려의 유적과 유물과 땅 이름은 지금도 남아 있다.

충북 단양에 가면 온달산성이 있다. 그리고 충추시 가금면 용전리에는 고구려 사람들이 세운 돌비가 있다. '중원고구려비'인데 국보 제205호로 공인되어 있다. 높이가 203센티미터, 폭이 55센티미터이며, 비의 4면에 대략 4백여 개의 글자가 새겨져 있다. 비문에는 고려 태왕, 고모루성, 고구려 관직명 등이 한자로 새겨져 있다. 고구려 장수왕이 남진 정책 이후에 세운 것으로 보인다. 장미산(해발 364미터) 산성을 뒤에 지고 남쪽으로 남한강을 앞에 둔 이 고구려비의 위치는 남하하는 고구려의 기상을 느끼게 한다. 비각이 세워져 비바람으로부터 보호되고 있다.

이 비의 위치는 충주 시내로부터 5킬로미터쯤 떨어져 있다. 고구려비에서 10킬로미터쯤 거리에 옛 목계 나루가 있다. 남한강의 상류 지점이다. 서울의 아차산성에 올라가 한강을 내려다보면 강폭이 넓어 호수와 같다. 이 강은 양수리에서 북한강과 남한강으로 갈린다. 남한강은 한반도 중심 지역의 남북을 세로로 관통하고 있다. 댐이 막히기 이전 옛날에는 뗏목과 선박의 주요 통로였다.

자연히 뱃사람들의 뱃노래 가락도 이 강 위에 울려 퍼졌을 것이다. 고구려 병사들이 오늘의 충북 지역까지 갔다면 그들도 남한강 뱃길을 통해 목계 나루까지 갔을 것이다. 여기서부터 육로로 높은 산마루 새재를 넘으면 오늘의 경북 문경, 즉 신라의 영역이다. 고구려 사람들은 새재를 넘지는 못하고 중원 지역에 하나의 경계 비로 용전리 고구려비를 세운 것이다.

고구려 사람들은 기질이 강하고 용감했다. 그들은 남한강을 거슬러 오르는 배에서 어떤 노래를 불렀을까? 나는 샬리아핀이 1930년에 취입한 러시아 민요 음반을 가지고 있다. 거기에 〈볼가 강의 뱃노래〉와 〈스텐카 라진〉이 들어 있다.

〈볼가 강의 뱃노래〉 앞머리 곡조는 한국 민요 〈뱃노래〉와 신기할 정도로 일치한다. "어기어차 어기어차 어기어차차 어기어차……" 이렇게 나가는 선율에 실려 사나이의 우람한 목청이 울려 퍼진다. 고구려 사람들의 뱃노래가 이와 같은 목청으로 남한강 뱃길에 울려 퍼지는 장면을 연상하게 된다.

오늘날 자동차 도로로는 목계 휴게소에서 고구려비 쪽으로 질러서 가는 길이 있다. 목계에 가면 신경림의 시 〈목계 장터〉를 새긴 시비가 있다. 지방자치단체에서 이 고장 충주 출신인 신경림을 위해 세운 시비다.

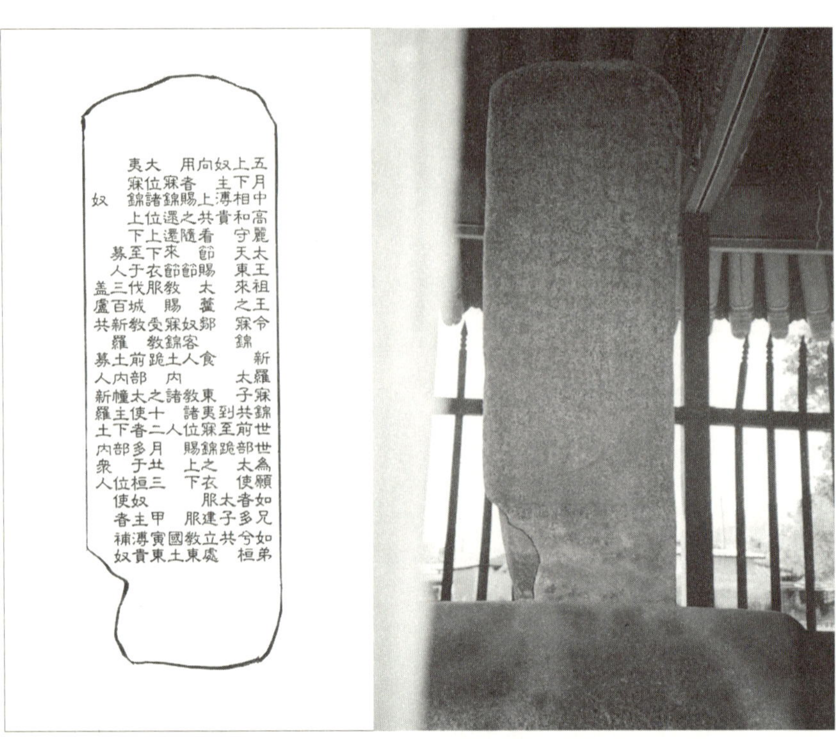

충북 충주시 가금면 용전리에 있는 중원고구려비 앞면 비문과 중원고구려비 실물

중원고구려비 비각

목계 나루터에 세워진 시 〈목계 장터〉의 신경림 시비

하늘은 날더러 구름이 되라 하고

땅은 날더러 바람이 되라 하네

청룡 흑룡 흩어져 비 갠 나루

잡초나 일깨우는 잔바람이 되라네

뱃길이라 서울 사흘 목계 나루에

아흐레 나흘 찾아 박가분 파는

가을볕도 서러운 방물장수 되라네

산은 날더러 들꽃이 되라 하고

강은 날더러 잔돌이 되라 하네

산 서리 맵차거든 풀 속에 얼굴 묻고

물여울 모질거든 바위 뒤에 붙으라네

민물 새우 끓어 넘는 토방 툇마루

석삼년에 한 이레쯤 천치로 변해

짐 부리고 앉아 쉬는 떠돌이가 되라네

하늘은 날더러 바람이 되라 하고

산은 날더러 잔돌이 되라 하네

−신경림, 〈목계 장터〉

　시 〈목계 장터〉에서는 "민물 새우 끓어 넘는 토방 툇마루"가 절창
이라고 사람들이 말한다. 고구려 사람들은 목계에 와서 무엇을 했

남한강이 유유히 흐르는 목계 나루터

을까? 신라군과 싸우다가 전사도 했다. 더러는 신라군에게 포로가 되기도 했다. 용전리에 고구려비를 세울 여유를 가졌던 사람 중에는 목계 나루에서 술을 마시고 어떤 본바닥 처녀와 눈이 맞아 눌러앉았을 것이다. 그에게 어울리는 시심은 무엇이었을까? 민물 새우에 맛을 들이기보다는 바람이 되고 잔돌이 되고 싶었을 것이다. 돌아갈 북쪽 고향은 너무 멀고, 바람결로나 저 대동강쯤에 돌아가 보았을 것이다. 그러한 고구려 청년이 분명 있었을 것이다.

고구려는 오늘의 남한 지역에 비석만을 세운 것이 아니다. 그들

목계 나루터 표지석

은 각 고을에 고구려식 지명을 붙이기도 했다. 한자로는 홀(忽) 또는 동(洞)으로 썼지만 지명으로서의 음가는 '골'이라고 보는 것이 국어학계의 견해다.

실제 지명으로 동비골(冬比忽, 개성), 미추골(彌趨忽, 인천), 매골(買忽, 수원), 나혜골(奈兮忽, 안성), 잉골(仍忽, 음성) 등이 있다. 〈용비어천가〉에 나오는 북녘의 지명으로 동(洞)이 '골'로 읽히는 예가 있다. 가막골[加莫洞], 배암골[蛇洞], 마근담골[防墻洞] 등 끝에 '골'이 붙는 것들이 고구려식 지명이다.

"민물 새우 끓어 넘는 토방 툇마루"는 없지만 목계 나루를 찾는 사람들을 강변 횟집이 맞이한다.

지명은 하루 이틀의 전쟁에서 지배된 결과로 생기는 것이 아니다. 상당 기간의 정치적 행정이 각 고장에 붙인 이름이다. 그런 만큼 남한의 경기도 및 충북의 향토사에는 고구려 정서가 남아 있다.

최근에는 서울의 광나루 강가 워커힐 호텔 뒤에 있는 아차산성 일대에서 고구려 유적과 유물이 많이 발굴되고 있다. 아차산성은 서울의 광진구 구의동과 광장동, 그리고 경기도 구리시 사이에 위치한다. 산성 위에서는 계속 추진된 발굴 작업의 결과로 고구려군의 보루 열일곱 군데가 확인되었다. 이 보루들은 4미터 높이에 2백 미터쯤의 둘레로 축조된 군영이다. 각 보루에서는 흑색과 갈색의

신경림 시비 〈목계 장터〉는 강변 횟집 우물 위 담장에 정겹게 장식돼 있다. 같은 장소에 두 개의 시비가 세워져 시인을 사랑하는 고향 사람들의 마음은 자랑스럽기만 하다.

고구려 토기와 철제 농기구 및 무기류가 출토되었다.

제4보루의 경우만 보더라도 토기류 538점, 옹기류 109점, 철제 무기류 197점, 농기구 45점에 이른다. 이 정도가 되면 역사 유물 및 생활사 유물의 박물관을 설립할 만하다.

이제 고구려는 북한의 평양과 청천강에만 있는 것이 아니다. 남한의 충북 중원 지역과 특히 서울의 아차산성에 풍부하게 남아 있다. 온달산성이 있는 충북 단양에서는 2004년 10월에 '온달 문화제'를 개최했고, 2005년 여름에는 부산을 비롯하여 대구, 충주, 전주, 서울에 걸쳐 '고구려 대축제' 행사가 진행되었다. 앞으로 남과

북이 더욱 원활히 내왕하면서 우리 민족사 안의 고구려를 살려내고
누려야 할 것이다. 2004년에 유네스코가 북한의 고구려 유적을 세
계 문화유산으로 등재할 때에 남과 북의 문화재 당국이 긴밀히 협
력했던 것처럼 말이다.

김유신과 소정방이 맞선 기벌포

고구려를 생각하면 함께 생각하게 되는 것이 있다. 그것은 신라
에 관한 문제다. 함석헌이 고구려 역사의 중단을 애석하게 생각한
데에는 신라에 대한 원망이 담겨 있다. 각기 부족국가로 고구려 ·
백제 · 신라가 한반도와 만주에 걸쳐 나뉘어 있었지만, 신라가 생판
다른 민족인 당나라 군대를 불러들여 함께 백제와 고구려를 공격한
것이 큰 잘못이라는 것이다.

많은 사람이 신라의 삼국 통일에 대해 이와 같은 갈등을 느끼고
있다. 신라는 이 문책에서 자유롭기가 어려운 것도 사실이다. 그러
나 신라도 당나라와의 연합군 편성이 즐겁기만 했던 것은 아니다.
거기에는 나름의 고뇌도 있었으며, 저질러진 역사적 과오를 바로잡
으려 한 고투도 있었다.

이 점을 생각해주는 이는 많지 않다. 그러나 이 문제에 대한 이해

와 화해가 없이는 한반도 영역에 살고 있는 민족의 역사적 명분을 찾기가 어렵다.

문제의 경위에 대해 결론부터 말한다면 신라는 당나라 소정방의 군대와 만나던 첫날부터 격렬하게 대립을 드러냈고, 연합 전선은 어쩔 수 없이 유지하는 한편으로 당나라와의 7년 전쟁을 수행해나 갔다.

이 역사적 재앙의 첫날은 660년(무열왕 7년) 7월 9일이었다. 신라 김유신이 당나라 소정방을 처음으로 대면한 순간이다. 그 장소는 백마강 하구에 있는 '기벌포(伎伐浦)'라는 곳으로, 「삼국유사」에는 장암(長岩) 또는 백강(白江)이라고 되어 있다.

김유신의 군대가 기벌포에 도착해 소정방의 군대와 만났다. 그런 데 소정방은 신라 군대가 약속된 날에서 하루가 늦었다며 김유신 휘하의 참모장인 김문영의 목을 베겠다고 했다. 이에 김유신은 주 위가 다 들리게 큰 소리로 항의했다.

"우리는 황산벌에서 백제의 계백 장군 군대를 만나 싸우느라고 늦었 는데, 이처럼 내 참모장이 벌을 받는 모욕을 당할 수는 없다. 우리는 마땅히 당나라 군대와 먼저 싸워 결판을 낸 뒤 백제를 공격하겠다."
이렇게 외치고 김유신이 도끼창을 내어 짚고 진두에 서니 그의 머리 칼이 모두 일어나 뻗치고 허리에 찬 칼집에서 큰 칼이 저절로 튀어나

신라 김유신이 당나라 소정방에 대결한 기벌포(장항)

왔다. 이에 소정방의 참모 동보량이 발을 구르며 소리쳐 말하기를 신라 군대의 움직임을 감당할 수 없다고 했다. 이에 소정방은 신라군의 참모장 김문영을 처벌하겠다던 조치를 취소하였다.

－「삼국사기」 태종무열왕조

신라의 김유신이 당나라의 소정방을 첫 대면하는 자리에서 맞서 싸우겠다고 선언하자 당나라 소정방이 기가 죽어 물러서는 장면이다. 13만의 큰 병력을 이끌고 황해를 건너온 소정방은 당초에 기세가 등등했는데, 5만 병력을 이끌고 온 김유신의 기백에 지고 말았다. 이것이 이른바 사대주의 사학자로 비판받는 김부식의 기술이라는 점이 또한 이채롭다.

이 역사적 기록의 현장 '기벌포'를 나는 늘 내 발로 찾아가 확인하고 싶었다. 기벌포가 어디인가? 이병도 역 「삼국사기」는 기벌포가 '장항'이라고만 괄호 안에 기재해놓았다. 나는 「서천읍지」를 구해 보았다. "기벌포는 오늘의 장항읍 장암동(長岩洞)"이라고 되어 있다. 백마강 하구 바닷가에 '긴 바위'가 있는 지점을 찾으면 될 것 같았다.

어느 날 나는 느닷없이 장항 가는 기차표를 끊으려 서울역에 갔다. 하지만 장항선은 용산역에서 출발한다고 한다. 다시 용산역으로 가서 장항행 새마을호 표 한 장을 샀다. 하루에 다녀올 수 있는 거리고, 나는 바닷가의 '긴 바위'만 확인하면 되는 것이다. 장항선 열차가 서천 근처에 접어드니 마치 옛날에 수인선 협궤 열차를 탔을 때처럼 기차는 예사로운 시골 마을과 나지막한 동산이 뿜어내는 고적한 분위기를 싣고 달려간다.

기차가 종점인 장항역에 닿자 나는 역 앞에서 대기하고 있던 택시에 올랐다.

"장암동 바닷가로 갑시다."

택시 안에서 나는 기사에게 물어보았다.

"바닷가에 긴 바위가 있는 데를 압니까?"

기사는 하필 이 고장 출신이 아니라고 하며 분명한 대답을 못 했다. 거의 바닷가에 온 듯해서 창밖을 내다보니 바위가 있기도 한 동산 언덕이 보였다. 차를 세우고 내렸으나 그쪽은 시내 쪽이지 바다 쪽이 아니었다. 다시 바다 쪽을 향해 돌아서 보았다. 그런데 이것이 웬일인가. 바로 눈앞에 집채보다도 몇십 배 큰 고래 모양의 검은 바위산이 누워 있지 않은가.

장항에는 문화원이 없어서 읍사무소 총무과에 전화를 걸어 물어본 적이 있다. 그때 읍 직원은 LG 금속 공장이 있는 데가 기벌포 자리라는 설이 있다고 말했다.

바위 몸통에는 크고 흰 글씨로 "안전 제일"이라고 씌어 있었고, 위 등 부분에는 하늘 높이 수직으로 뻗친 굴뚝이 서 있었다. 여기가 LG 금속 공장 근처냐고 하니까 기사는 "그렇습니다" 한다. 나는 다시 택시에 올라 바닷가로 더 나아가 이 큰 바위의 뒤쪽을 보자고 했다. 그 바다 쪽으로 과연 공장 건물도 보였다. 이 공장에서 연돌을 타고 불길과 연기가 저 높은 굴뚝으로 올라가는 모양이었다.

나는 비로소 내 발과 눈과 손으로 기벌포 '장암'을 확인하게 되었다. 내가 기행(紀行)을 하는 방법은 어떤 형체의 구조를 분석하거나 아름다운 경관을 목적하는 것이 아니다. 이 민족 역사의 어떤 중요한 의미가 인연을 맺고 있는 땅과 강과 바위와 산, 이런 자연으로서의 근거를 확인하는 것이다.

'장암'을 내 몸으로 확인하고 나서부터 나의 기벌포 확인 작업은

술술 풀려나갔다. 장암이 있는 부근의 마을 이름은 지금도 장암동이다. 옆에 있던 항동과 합쳐서 일제 때 '장항'이란 지명이 생겼다. 장암 밑으로 내가 택시를 타고 들어갔던 저지대는 원래 질척한 갯벌이었다. 밀물 때 고깃배가 들어왔고, 특히 당나라 소정방의 군대가 하선을 할 때 버드나무 가지를 엮어서 깔고 나서야 땅에 오를 수 있었다.

그러니까 바로 이 갯벌 앞 넓은 공터에서 소정방과 김유신이 처음으로 만나 기 싸움을 벌이고 김유신이 이긴 것이다. 장항에서 금강(백강) 하구를 건너가면 오늘의 군산이다. 군산에서 동쪽 교외로 나가면 준수하게 높이 치솟은 오성산이 있다. 이 오성산도 소정방의 군대에 관련된 역사를 지니고 있다. 나는 그 오성산 밑에도 찾아가 경건한 마음으로 산꼭대기를 올려다보았다.

이 지역은 소설가 채만식의 고향인 임피현(臨陂縣)이기도 하다. 「여지도서」의 임피현 '고적' 란에 다음과 같은 설명이 있다.

당나라 소정방의 군대가 백강 하구로 상륙해 백제의 수도 사비성을 향해 진군하면서 이 지역에서 가장 높은 오성산을 진영의 근거로 삼았다. 마침 안개가 짙게 낀 날씨여서 당나라 군대는 방향을 알 수 없었다. 그때 오성산 기슭에 이 고장의 노인 다섯 명이 모여 있으므로 당나라 군인들은 사비성으로 가는 길을 물었다. 노인들은 말하기를 너희가 우리나라를 쳐들어와 도읍을 함락시키러 간다는데 우리가 길을 가르쳐줄 수는 없다고 하며 아무도 협조하지 않고 오히려 불쾌해 하였다.

소정방의 군대는 즉시 이 다섯 노인의 목을 베었다. 당나라 군대가 결국 사비성을 함락시키고 다시 이동을 하는데 역시 이 산 밑을 지나가게 되었다. 이때 소정방이 부하들에게 말하였다.

"지난날에 우리가 이 산기슭에서 백제 노인 다섯의 목을 베었는데, 조국을 사랑하는 그들의 충절 자체는 존경할 만하다. 그들의 시체가 어디에 있는지 다시 수습해 이 산의 높은 데에 묘소를 만들고 잘 묻도록 하라."

그리하여 다섯 노인의 시체는 산꼭대기 묘소에 잘 안치되어 오늘날까지 남아 있다. 그 일로 인해 이 산을 오성산(五聖山)이라 부르게 되었다.

지금 군산시는 오성산 제례 위원회가 주관하는 '오성 문화 제례' 행사를 여러 해 동안 개최해오고 있다.

역사 다시 짜기

전선의 뒤에 있는 신라 왕실에서도 외국 군대를 불러들인 데 대

장의사지 당간지주. 서울 세검정초등학교 안에 있다.

한 자책과 갈등이 계속 나타난다. 전설적인 내용을 상당히 수용한 「삼국유사」의 기록이므로 좀 과장이 있는 듯하지만, 백제가 망하자 신라의 태종무열왕은 하루에 쌀 세 말과 꿩 아홉 마리를 먹던 것에서 바로 점심 한 끼를 줄였다고 한다. 하루에 먹는 양으로는 여전히 적다고 할 수 없지만, 아무튼 백제가 망한 것을 계기로 점심 식사를 끊었다는 사실 자체는 무슨 뜻인가.

또 659년(무열왕 6년)에 왕은 밤에 이상한 꿈을 꾼다. 지난날 황산벌에서 전사한 신라 화랑 장춘랑과 파랑이 왕 앞에 나타난다. 자신들은 죽은 뒤에도 나라를 위해 전선에 종군하고 있는데 당나라 소정방 군대의 위세 때문에 마음이 불편하니 자기들에게 따로 병력을 마련해달라는 것이다. 꿈에서 깬 왕은 두 화랑의 명복을 위해 북한산주에 장의사(壯義寺)라는 절을 짓게 했다.

북한산 줄기인 도봉산 능선에는 신라 진흥왕이 직접 순시를 하고 세운 비석도 있다. 여기에는 북쪽 국경에 대한 생각이 엿보이며, 민족 통일에 대한 소망과 고뇌가 드러난다.

장의사는 서울 북쪽 자하문 밖 세검정 위 언덕에 있었다. 조선조 연산군 때 절이 없어지고 그 자리에 지금 세검정초등학교가 들어서 있다. 다만 그 절터에 '장의사지 당간지주' (보물 제235호)로서 높이 약 4미터 되는 돌기둥 두 개가 쓸쓸히 서 있다. 서울 종로 조계사 앞에서 버스를 타면 15분밖에 걸리지 않는다. 이 장의사지 당간지주

고구려 유민과 새 고구려 왕이 머무른 익산 금마

야말로 민족 주체의 역사의식을 상징하고 있다.

　태종무열왕은 삼국 통일의 완수를 보지도 못하고 661년(재위 8년)에 세상을 떠난다. 무열왕이 되기 전 김춘추는 선덕여왕 밑에서 중신으로 활약하던 때에 고구려의 보장왕을 찾아갔었다. 당시 신라는 백제와 잦은 전쟁을 치르고 있었다. 641년(선덕왕 11년)에 백제군이 대야성(합천)에 쳐들어와 장수 품석과 그의 아내까지 죽였다. 품석의 아내는 김춘추의 딸이었다.

　심히 비통해하던 끝에 김춘추는 고구려와 협력해 백제의 공격을 막아보려 했다. 그러나 김춘추는 고구려에 가서 뜻을 이루지 못하고 오히려 생명의 위협까지 받다가 겨우 살아 돌아왔다.

당시 고구려에서는 연개소문이 영류왕을 죽이고 보장왕을 세운 후 정권을 차지하고 횡포를 부리고 있었다. 뒤에 김춘추는 추대를 받아 태종무열왕이 되었고, 나름으로는 할 수 없이 당나라의 지원을 요청했던 것이다. 그러나 당나라가 신라마저도 넘보는 태도를 보고 자책 속에 괴로워하다가 일찍 세상을 떠난다.

태종무열왕이 죽음을 맞이할 때 원래 백제의 땅이었던 금마(익산)에서 이상한 일이 있었다고 한다. 땅으로부터 피가 흘러나와 땅을 적신 것이다. 그리고 이어서 무열왕이 죽었다.

고조선의 기준(箕準)이 내려와 마한을 세웠다는 금마는 원래 백제무왕이 부여 외에 제2의 도읍으로 아끼던 곳이다. 그가 마를 캐다 팔던 소년에서 임금이 되기에 이른 경위는 전설적이다. 무왕이 신라 진평왕의 딸 선화공주를 아내로 맞아 살면서 이 금마에 미륵사를 지은 것으로 전해지며, 미륵사 절터와 석탑이 남아 있다. 탑의 일부가 붕괴되었지만 서쪽 석탑은 원형이 남아 있다. 높이는 6층, 14.24미터로 동양에서 가장 크다. 균형미가 빼어나며 부드럽고 섬세한 운치를 지녀 국보 제11호로 지정되어 있다. 미륵사에 미륵불이 모셔졌던 만큼 중생제도의 민중의식이 되새겨지게 하는 이곳은 익산시 금마면 기양리에 있다. 익산 역에서 6킬로미터쯤 되는 거리이며 승용차로 20분 걸린다.

한편, 고구려 유민들이 안승(安勝)을 '고구려 왕'으로 추대하고 이 금마에 와서 거점을 이룩한 일도 있었다. 신라의 문무왕은 금마의 고구려 왕을 인정했다.

신라 문무왕 10년 8월 1일에 신라 왕은 고구려의 후계자 안승에게 서한을 보내노라. 공의 태조 고주몽 왕은 덕을 북쪽 땅에 쌓고 공을 남쪽 바다에 세워 위풍이 국토에 떨쳤고, 어진 교화가 한사군의 땅도 덮었다.

연개소문의 아들 남건과 남산 형제 때에 화가 집안에서 일어나고 틈이 골육 사이에 생겨 집과 나라가 무너지고 종묘사직이 끊어지지 않았는가. 무릇 백성은 임금이 없어서는 안 되며 하늘은 반드시 운명을 돌보아 주도다. 이제 정통의 후계로는 오직 공이 있을 뿐이니, 삼가 사신으로 수미산을 보내어 신임장을 전하고 공을 고구려 왕으로 삼도다. 공은 마땅히 유민들을 어루만져 모으고 옛 전통을 이어 일으켜 길이 이웃 나라가 되어 형제와 같이 지낼지어다. 삼가고 삼갈지어다. 겸하여 멥쌀 2천 석과 갑옷 갖춘 말 한 필과 비단 다섯 필과 견직과 가는 베 각 열 필과 솜 열다섯 근을 보내니 왕은 이를 받을지어다.

이것은 백제와 고구려가 망하고 676년 11월에 다시 기벌포에서

당나라 군대가 신라 군대에 패전해 마지막으로 바다를 건너가기 7
년 전에 있었던 일이다. 그러면 고구려 유민과 백제 유민은 이 7년
동안에 어떠한 태도를 취하고 있었던가?

고구려와 백제의 유민들은 각기 자기네 왕조에 문제가 있었던 것
을 알았다. 고구려엔 연개소문의 폭정이 있었고 백제에는 의자왕의
방탕이 있었다. 비록 왕조는 무너졌으나 유민들은 언어도 안 통하
는 이민족과 어울리기가 어려웠다. 고구려 · 신라 · 백제는 서로 다
른 방언을 썼어도 언어가 통하는 같은 민족이었다.

유민들은 서당(誓幢)이라고 하는 일종의 군대 조직에 편성되어 들
어갔다. 그리고 이 부대들은 신라 군대와 연합해 당나라 군대에 대
항하게 되었다. 신라 군대는 옛 백제 땅 석성(부여군 석성면)에서 최
초로 당나라 군대를 크게 공격했다. 이 전투에서 신라군은 당나라
병사 5천3백 명을 죽였다.(「삼국사기」 기록으로는 모두 참수(斬首)를 했다
고 되어 있다. 그러나 그냥 죽였다는 뜻으로 보아야 할 것이다. 5천3백 명의 목
을 어떻게 일일이 베었겠는가.) 이어서 고구려와 백제의 유민 부대들이
또한 당나라 군대와 싸우는 데에 가담했다.

그리하여 마지막 전투는 다시 기벌포에서 해전(海戰)으로까지 전
개된다. 676년(문무왕 16년) 11월의 일이다. 스물두 차례에 걸친 이
기벌포 전투에서 당나라 군대는 군사 4천여 명을 잃고 병선 마흔
척과 군마 1천 필을 빼앗겼다. 그리고 황해를 건너 중국 땅으로 돌

아갔다. 평양에 있던 당나라 군대의 안동도호부는 이미 그해 2월에 만주의 요양(봉천)으로 철수한 뒤였다.

이제는 반도 내부에서 민족의 재정비가 이루어지게 되었다. 외국 군대를 끌어들인 신라에도, 정치가 어지러운 고구려와 백제에도 잘못이 있었다. 위축이 된 채로 민족의 내부는 통일되었다. 그러나 신라의 운세는 점차로 탈진해가고 있었다.

그리하여 고려의 시대로 넘어갔다. 신라를 복속시킨 왕건의 고려는 왜 도읍을 남쪽의 변두리 경주에서 북쪽의 변두리 송도로 옮겼을까? 여전히 고구려 유민의 땅이 북쪽에 있으니 민족 판도의 중앙지점은 송도쯤으로 되는 것이 바람직했다.

나라 이름을 '고려'라 한 것도 '고구려'를 그대로 쓴 것이나 마찬가지다. 고구려 당시를 가리켜 고려라고 한 예도 있다. 중국 당나라의 대표적 지리학자였던 증선지(曾先之)의 책 「십구사략통고」에서도 신라 · 백제의 북방에 '고려'를 그려놓았다. 충북 중원의 고구려비에도 고구려가 고려로 기록되어 있다.

지금 세계 2백여 나라 중에서 우리나라의 국가 경쟁력은 상위권에 들어서 있다. 이것은 경제의 힘만이 아니다. 이러한 일을 가능케 한 데는 국민의 역량이 있다. 그 역량의 밑바탕에는 전통 문화의 질과 차원이 있다. 일찍이 고구려의 담징과 백제의 왕인은 일본에까지 가서 문화를 전했다. 유라시아 통로와 실크로드를 통해 오고 간

대륙의 문화가 동쪽의 종착역에 자산과 저력으로 축적되어 있는 것이다.

이제 한국을 가리켜 동아시아의 허브라든가 동아시아의 균형자라는 말을 쓸 때 그 개념이 물리적인 것에 한정되어서는 안 된다. 문화의 질을 가지고 하는 말이 되어야 한다.

네 번 째 여 행

실학의 고장,
경기도 광주

산이 높으면 골이 깊다. 골이 깊은 데엔 큰 내가 흐른다. 우리나라에는 산이 많다. 그러므로 큰 강들이 있다. 서울의 한강은 넓고 푸르다. 프랑스 파리의 센 강은 그 넓이가 한강의 절반밖에 안 되며, 물빛도 뿌연 흙빛이다.

근래 동아시아 지역의 거의 모든 나라에 '한류(韓流)'가 흐르고 있다. '한류'란 말을 처음 쓰기 시작한 나라는 중국이고 뒤이어 일본에서 욘사마 열풍이 일어났다. 2004년 말 중국의 〈인민일보〉는 사설을 통해 다음과 같이 말했다.

한류가 뜨겁게 흐르기 시작한 지 벌써 7년이라는 긴 세월이 흘렀다는 사실은 중국으로선 치욕이다.

다분히 감정적인 어투다.

이에 대해 한국에서는 오히려 한류의 의미 상승을 시도해보는 견해도 나타난다.

젖어 흘러서 만물의 생화육성을 이루어내는 물의 성질을 본연으로 하는 문화, 그 진정한 화(和)의 수로를 따라 한류가 길 잡아 흐를 수는 없는 것인가.

—백원담, 〈한류와 동아시아의 문화 선택〉

한국이 나름대로 자본의 밑받침을 과시했다 하더라도 텔레비전 드라마 위주의 흐름 정도로써 문화 담론을 계속 감당해 나아갈 수 있을지는 의문이다.

오늘의 한류 저변에는 지난 시대에 경제적으로 빈한했으면서도 근대 민본주의 사상을 추구한 저력이 있다. 그 사상이 조선조 말엽의 실학사상이다. 그 사상의 현장을 되짚어본다.

한강의 남쪽 강변로에 붙여진 이름은 올림픽 도로다. 이 길은 서울의 동쪽 끝에서 중부고속도로로 이어진다. 왼편에 있는 미사리 조정 경기장과 오른편에 있는 하남시 사이로 난 길이다. 이 길에 들어서면 눈앞에 특이한 경치가 펼쳐진다. 높은 산들이 겹쳐서 함께 나타나는데 그 봉우리들이 둥글둥글해서 순하고 부드러워 보인다. 이 근방 산세는 북한강 하류 양수리에서 강한 기골로 우뚝 선 강원도 산의 모습을 보여준다.

한강 남쪽 광주의 산들은 다른 모습으로 부드럽다. 겹치는 능선들 너머로 짙고 엷은 색감의 변화도 있다. 그런데 광주는 산간 지역인데 지명에 어떻게 넓을 광(廣) 자가 붙었을까? 한국 근세 역사 안에서 광주의 땅이 넓었던 한 시대가 있었다.

정약용의 생가

  오늘의 서울 한강 이남에 가까이 있는 땅 전부가 광주였다. 지금 서울에 편입된 강동·강남·송파를 비롯해 하남·성남·분당·판교와 그 남쪽으로 이어진 스물한 개 면이 광주였다. 광주의 서쪽 끝은 안산과 접경이었던 성곶면 첨성리로 조선조 실학의 경세치용학파(經世治用學派)를 개척한 성호 이익(星湖 李瀷, 1681~1763)이 살았던 마을이다. 동쪽 끝은 초부면 마재로 실학을 집대성한 다산 정약용(茶山 丁若鏞)이 태어나 살았던 마을이다. 동서의 중간 지점으로 지금 시청이 있는 경안읍 중대리 텃골은 우리나라 민족사관을 처음으로 세운 역사서 「동사강목(東史綱目)」의 저자 순암 안정복(順菴 安鼎福)이 살았던 마을이다.

이 세 학자의 무덤이 각기 다 그 마을에 있다. 지금 성호의 첨성리는 안산에 편입되었고 다산의 마재는 남양주에 편입되었다. 순암의 텃골은 그대로 광주의 가운데에 있다. 그러나 구한국 말엽까지 조선조 실학의 대표적인 이 세 학자는 광주 땅에 살고 있었다. 그들은 같은 남인(南人) 계열의 사람들이고 서로 스승과 제자 사이였다. 영정조 문예 부흥기를 함께 살았으며, 민본주의 정치의 이상을 줄기차게 추진했다.

이들을 가리켜 학계에서 '광주 학파'로 부르기도 한다. 현대 독일에 프랑크푸르트학파가 있듯이, 그 시대 이만한 사상적 관계는 광주 학파로 부를 만하다. 이 학파는 이어서 박규수·김옥균·유길준·박은식·신채호 등 민족 주체의 개화파 인맥을 이루었다. 박은식은 1926년 3월에 상해임시정부의 대통령에 피선되었고, 그해 11월에 신병으로 이국 땅에서 별세했다.

오늘날 어려운 문제가 있을 때 정치인들이 말문이 막히면 '실사구시(實事求是)'로 임하겠다고 말한다. 이러한 발언이 있는 것 자체가 오늘까지 실학이 살아 있다는 증거다.

과연 실학은 살아 있을까? 생명이 있는 정신은 그것이 역사에 묻히더라도 끊임없이 싹을 틔우고 열매를 맺는다. 그 정신에 과연 생명이 있는가. 그것은 그 생명을 볼 수 있는 사람에게는 살아 있고, 볼 수 없는 사람에게는 죽어 있는 것이다. 생명의 내용과 실체가 어떠한 것인지 우리는 그 정신을 낳은 땅과 역사 안에 살아 있는 인물과 불멸의 기록 속에 실재하는 사상을 만나볼 수 있다.

19세기 학자 홍경모(洪敬謨)가 쓴 책 「남한지」를 보면, 서울에서 한강을 건너 광주로 가는 나루와 각 나루에 배가 몇 척 매여 있는지 소개되어 있다. 광진 일곱 척, 신천진 두 척, 삼전도 여섯 척, 송파진 스물다섯 척으로, 충청도·전라도·경상도에 왕래하는 이들이 다 이 나루를 거쳤다. 다른 한편으로는 한강 상류로 배를 타고 강원도에 왕래하는 이들도 있었다. 이 경우도 마찬가지로 광주를 거쳤다. 송파에 나룻배가 많았던 것은 그곳이 남한산성 쪽 고지대를 넘지 않고 평지를 통해 남쪽 지역에 소통할 수 있는 길목이었기 때문이다.

오늘날 광주로 가기에 가까운 길은 중부고속도로다. 이쪽 길도 구도로로 가면 버스를 타고 남한산성 옆 은고개를 넘어야 한다. 그러나 지금 중부고속도로를 타면 터널을 몇 군데 거치는데, 서울 천호동으로부터 광주 시청이 있는 경안읍까지 25분이면 갈 수 있다. 광주 지역에 들어서면 산세가 부드러운 만큼 마을에서 마을로 통하는 길이 두루 평탄하다.

광주 학파의 연고지를 찾아가려면 먼저 순암 안정복(1712~1791)의 마을로 가야 한다. 이 마을이 광주의 복판 지역이고, 시기적으로 광주 학파의 중간 위치에 있는 이가 안정복이기 때문이다. 순암의 마을 중대리는 경안읍의 남쪽 끝에서 성남으로 가는 길로 10분만 더 가면 길 오른편 골짜기에 있다. 중대리 마을 안쪽에 순암이 살았던 집이며 후진들을 가르친 서당이었던 여택재(麗澤齋)가 있다.

'여택'은 순암이 스승인 성호 이익의 저서 「성호사설」에 등장한 '붕우여택(朋友麗澤)'에서 따온 말로, 붕우여택이란 "벗이 만나 서로 북돋운다"라는 뜻이다. 이 대목에서 성호가 주장한 것은 벗이 만나 서로 돕는 것도 좋지만 "편지를 주고받는 것이 공부하는 데에는 더 정확하고 유용한 것으로 남는다"라는 것이었다. 「성호사설」의 '편지 쓰기' 이야기는 광주 학파의 성립 과정에서 중요한 의미를 띠고 있다. 광주 학파를 통괄하는 스승인 성호 이익은 "공부를 하려면 쉬지 않고 미친 듯이 해야 한다"라는 뜻을 글로 썼다.

학문을 할 때엔 연속적으로 공부를 하는 것이 중요하다. 한번 그 맥이 끊어지면 정신이 새어 나가고 성의가 흩어져 버리니 어떻게 깊은 뜻을 간직하고 문제를 꿰뚫어 볼 수 있겠는가. 벗들이 서로 북돋아 주는 데엔 함께 모여 토론을 하는 것도 좋다. 그러나 일찍이 퇴계 선생은 말씀하셨다. 말이란 하기는 쉬우나 흔적이 남지 않는다. 차라리 신중한 생각을 글로 써서 편지로 주고받으면 문제를 풀 수도 있고 자주 만나지 못하는 공백을 메울 수도 있다.

바로 이러한 생각으로 퇴계 이황은 경상도에 살면서 전라도에 사는 젊은 후배 기대승과 성리학에 관한 토론의 편지를 8년 동안 주고받았다. 성호는 생각의 폭이 넓고 근면하여 앞 세대 학자인 퇴계·율곡과 반계 유형원의 학문 내용을 다 소화해 제자인 순암 안정복에게 전해주었다.

광주 학파의 흐름

안정복은 체질적으로 공부하는 사람이었다.

화가 나다가도 글만 읽으면 좋고

병이 났다가도 글 읽기만 하면 나아

이것이 내 운명이라 믿고

앞에 가득 가로세로 책을 쌓아놓았지

그때 이 책을 쓴 이들은

성인 아니면 현인이니

책을 펴볼 것까지도 없이

그냥 만지기만 해도 기쁘다네

몇 해를 이렇게 읽고 나니

책은 백 권 천 권도 넘고

가슴속에 무엇이 있는 것처럼

구물구물 자꾸 나오려고 해

어디 글 한번 써보자 하고

밤에 잠도 잊고 엮어본다네

집안 식구나 친구들이야

미치광이로 볼는지 모르지만

제 보물은 그저 제가 좋아하는 것

－안정복, 〈저서농〉

끼니를 잇기도 어려울 정도로 매우 가난했지만 순암 안정복은 오직 공부하는 즐거움으로 세상을 살아갔다. 18세기 정치적 당쟁의 시대에 권세를 잃은 남인 계열 사람들은 때로 정처 없는 나그네의 삶을 살았는데, 순암의 집안이 그러했다. 그런 중에도 3대쯤의 가솔이 한집에 사는 것이 보통이니 경제적 어려움은 그만큼 더 컸다.

순암 안정복이 15세 때에 조부 안서우(安瑞羽)가 울산 부사 자리에서 물러나니 그는 온 가족과 함께 전라도 무안으로 가서 살게 되었다. 그곳에서 순암은 10년 동안 조부로부터 글을 배웠다. 1735년에 조부가 별세하자 순암은 24세의 나이로 부친 안극(安極)을 따라 문중의 선영이 있는 광주 텃골(중대리)로 이사했다. 이 마을에서 순암은 부친의 농사를 거들면서 독학으로 공부를 했다.

비록 독학이었다고 하지만 순암은 조부 밑에서 이미 10년 동안 좋은 기반을 닦아놓은 터였다. 그리하여 그는 26세 때에 명나라 호광(胡廣)의 저서 「성리대전」과 송나라 진서산(眞西山)의 저서 「심경(心經)」을 읽었다. 27세에는 스스로 「임관정요(臨官政要)」라는 책을 지었는데 이것은 정치·군사·재정·법률·풍속을 비롯해 21편의 내용을 서술한 것이었다.

29세에는 「하학지남(下學指南)」이란 책을 지었다. 학문에 지망하는 자세, 길재·김굉필·조광조·이이 등의 일상 행실에 관한 내용이 상권이고, 예의·대인 관계 등 인격 수양에 관한 내용이 하권이다.

30세에는 「내범(內範)」이란 책도 지었다. 이렇게 혼자서 비범한 노력을 하다가 35세가 된 1746년 10월 16일에 안정복은 마침내 성호 이익을 방문하려고 텃골에서 출발했다.

성호가 살았던 첨성리는 광주부 성곶면(聲串面)에 속한 마을이다. 이 마을을 다른 이름으로는 '일동리'라고도 했다. 1744년(영조 20년)의 준호구에 성호가 산 마을이 성곶면 일동리라고 되어 있다. 성호의 둘째 형인 이잠(李潛)의 장남 이병휴(李秉休)는 어려서부터 성호

순암 안정복 선생의 묘소

밑에서 공부를 했는데 그는 저서 「가장(家狀)」과 「정산잡저(貞山雜著)」에서 "작은아버지 성호가 광주 첨성리에서 살았다"라고 적어놓았다. 지금 안산에 편입된 성호의 묘소 소재지는 '일동'이며 사당은 첨성사(瞻星祠)로 되어 있다. 첨성리가 곧 일동이었다는 증거가 된다.

순암의 마을 텃골에서 성호의 마을 첨성리는 직선거리로 70리쯤 된다. 그러나 시골 산길이 이리저리 돌게 되어 있고 순암 자신은 가난과 병고로 몸이 허약해 있었기에 그는 출발한 이튿날에야 첨성리에 도착했다. 순암을 맞이한 성호는 일찍이 순암의 증조부 안신행(安信行)을 만난 일이 있고 안씨 집안에 대해 알고 있다고 했다.

> 저는 나이가 거의 사십이 되었습니다만 학문의 방법을 모르고 있습니다. 선생께서 학문의 길을 가르치시는 곳이 멀지 않은 곳에 있음을 알면서도 정성이 부족해 십 년 동안 홀로 사모하고 우러러보다가 이제야 비로소 찾아뵙게 되었습니다.
>
> —순암, 「함장록」

이것이 성호를 처음으로 대면한 순암의 인사말이다. 이날 순암이 묻고 성호가 대답하는 형식으로 대화가 시작되었는데 온갖 고전에 대한 담론이 밤이 지나고 새벽이 될 때까지 계속되었다. 끝으로 순암이 학문의 방법에 대해 물었다. 성호는 "스스로 자기답게 터득하는 것[然學貴自得]"이 중요하다고 말했다. 고전을 답습해 얽매이기만 하는 데엔 생생한 보람이 부족하다는 뜻이다.

이 "스스로 터득하는 것"의 강조야말로 광주 학파 실학의 동기라고 할 수 있다. 끊임없이 변하는 시대와 사회에 대응하며 쓸모를 발휘하는 학문이 필요하다는 것이다. 실학에 관해 말하자면 순암도 성호를 방문하기 이전인 33세 때에 반계 유형원의 고손자인 유발(柳發)로부터 「반계수록」을 빌려서 읽고 감명을 받은 바 있다. 이렇

게 하여 성호와 순암의 실학사상의 맥락은 스승과 제자로서의 결연
에 힘입어 한껏 발전하게 된다.

중대리의 순암 사당 격인 여택재엔 이제 정적만이 감돌고 있다.
순암을 보다 실감할 장소는 그의 묘소다. 여택재에서 불과 20미
터쯤 마을 안쪽을 향해 더 올라가면 광주 안씨의 선산이 있다. 그
런데 순암의 묘소는 특별히 영장산(靈長山)의 높은 중턱에 위치해
있다. 마을 큰길에서 왼쪽으로 갈라지는 좁은 길이 순암의 묘소
로 가는 길이다. 2백 미터쯤 되는 데까지는 소형 승용차가 올라갈
수 있지만 그 다음부터는 높은 돌계단 비탈길을 걸어서 올라가야
한다.

묘소로 가는 돌계단 길은 얼마나 먼가. 방향을 세 번 바꾸는 지점
은 비교적 평평하지만, 돌계단 개수는 무려 314개나 된다. 순암의
묘소 자리를 왜 이렇게 높은 데에 잡았을까? 묘소의 전망은 서쪽을
향해 있다. 스승인 성호 이익의 첨성리를 향해 트인 전망이다. 그
전망의 공간 안에서 경기도 광주, 너른 고을 특유의 산세가 중첩해
늘어서 있다. 이 지형, 이 공간의 의미를 헤아려보는 데에 순암 묘
소 방문의 목적이 있다.

성호 이익과 역시 남인 계열이면서 성호보다 더 선대인 반계 유
형원의 실학사상과 역사의식을 이어받은 순암은 우리나라 최초의
통사적 민족사 저술인 「동사강목」을 완성했다. 단군조선 · 마한 ·

통일신라 · 고려에 이르는 민족 주체의 이 역사책이 이루어지지 못했으면 우리 겨레의 체통이 어떻게 될 뻔했나. 국가 단위사인 「고려사」, 중국에 대한 사대적 색채가 지적되는 「삼국사기」, 그리고 그 앞 단계 민족사의 밑둥 부분은 아예 없었다. 중국 사마천의 「사기」와 반고의 「한서(漢書)」에 나오는 〈조선전〉이나 보고 있어야 하지 않았겠는가.

우리나라 사람들은 자신의 땅에서 살고 있으면서도 자신의 일에 대해 알지를 못하고 있으니, 그 성의 없음이 민망하고 개탄스럽습니다 [身居此土 不知其事 誠可憫歎].

순암이 스승 성호에게 보낸 편지 글이다. 그리하여 순암은 병고와 가난에 시달리면서도 1759년에 마침내 「동사강목」을 완성했다.

순암은 벼슬을 하기 위해 과거를 본 적이 없다. 그러나 그의 높은 학식이 세상에 알려져 1754년(영조 30년)에 사헌부 감찰 자리가 주어졌는데 그는 반년 후에 부친이 별세함으로 상을 치르기 위해 광주 텃골에 돌아오면서 벼슬자리도 사퇴했다. 1772년에는 순암이 회갑을 맞이했는데 조정의 중신이던 채제공이 천거하여 왕세손(뒷날의 정조)에게 글을 가르치는 사부가 되었다. 1776년에는 목천(木川) 현감이 되어 한 지역사회를 대상으로 이상적인 정치를 펼쳐보기도 했다.

그러나 순암은 다른 무엇보다도 민족사학 최초의 수립자다. 단재 신채호가 자신의 저서 「조선상고사」 서문에 기록하기를 "순암 안정복은 우리나라 최초의 역사 전문가"라고 했다. 단재가 독립운동을 위해 중국으로 망명할 때 그의 봇짐 속에 단 한 권의 책이 있었다. 그것은 순암의 「동사강목」이었다.

지금 이 높은 영장산 중턱에 누워 순암은 스승 성호의 마을을 바라보고 있다. 산 너머 또 너머 그 마을과 첨성사는 보이지 않지만, 광주 학파의 흐름이 솟아 이어져 오는 산야를 바라보고 있다.

실학의 선구자 성호 이익

성호 이익은 한 시대에만 산 사람이 아니다. 그는 퇴계 이황 · 율곡 이이 · 반계 유형원의 학문을 모두 이어받고자 했다. 또 국내의 학문에만 국한하지 않고 중국의 고전도 읽었으며 나아가서는 서양에 대해서도 연구했다. 중국에 처음으로 들어와 있던 그리스도교로서의 천주교와 유럽의 과학 문명에 관한 책들도 읽었다.

성호의 부친 이하진(李夏鎭)은 진주 목사를 지냈지만 1680년에 남

성호 이익 선생의 초상

인 계열이 정치권력을 잃으면서 평안도 운산으로 귀양을 갔다. 성호는 부친의 유배지에서 출생했다. 그가 두 살 때에 부친이 병으로 세상을 떠나니 모친이 가족을 이끌고 문중 선산이 있는 광주 첨성리로 와서 살게 되었다. 불우한 가문의 형세 때문에 성호는 처음부터 관계에 진출할 생각을 하지 않고 집에 들어앉아 책만 읽었다. 벼슬을 해서 출세하지는 않더라도 당시 양반의 자제는 자신의 인격 수양을 위해 공부를 하는 것이 관례였다.

성호의 집에도 책은 많았다. 특히 부친 이하진이 1678년 중국 연

퇴계의 체취가 배어 있는 청량산.

퇴계가 직접 집을 짓고 제자들을 가르친 도산 서당. 도산서원 안에 있다.

경에 사신으로 갔다가 돌아올 때 방대한 양의 책을 구입해 가져왔다. 그 시절에는 중국에 다녀오는 사신과 그 일행이 책을 많이 사오는 것이 유행이었다. 서울에는 책 장사를 하는 이가 많았고 이들은 한강 송파 나루를 건너 멀리 전라도에까지 책을 팔러 다녔다. 한강 나루에서 가장 가까운 경기도 광주 지역에 사는 남인 학자들은 책을 구하기에 수월한 지리적 여건에 있었다.

성호는 한 세기를 앞선 시대에 산 퇴계 이황을 존경했는데 아울러 퇴계와 같은 시대에 산 남명 조식을 흠모하기도 했다. 이것은 마치 중국에 있어 공자와 노자의 역할이 각기 소중했음을 인정하는 태도라고 말할 수 있다. 이만큼 성호의 학문은 폭이 넓었다. 성호는 실제로 퇴계의 체취가 배어 있는 도산서원과 청량산을 찾아가 거닐고 돌아왔다.

순암 안정복이 성호를 찾아와 제자로 삼아달라고 했을 때 먼저 시킨 것이 퇴계의 글을 다 읽고 그 안에서 주요한 대목을 간추려 묶어보라는 것이었다. 그렇게 해서 순암이 엮어낸 것이 「이자수어(李子粹語)」라는 책이다. 남명에 대해서는 그의 시 한 편을 들어 성호가 말했다.

천 석을 담을 큰 종을 보아라

크게 치지 않으면 소리가 나지 않네

만고에 우뚝한 두류산 천왕봉은

하늘이 울어도 울지 않는다네

"얼마나 놀라운 기백인가. 읽는 사람의 마음을 장대하게 물결치게 한다."

성호는 이렇게 남명의 은둔이 속 깊은 마음의 힘 때문에 어떠한 경우에도 흔들림이 없다고 찬탄했다.

성호는 퇴계의 지식에 틀린 부분이 있음을 지적하기도 했다. 중국의 고사에 대해 언급하면서 퇴계가 사람의 이름을 틀리게 쓴 데가 있다는 것이다. 그러나 성호는 다시 퇴계를 변호한다.

퇴계 선생은 남의 눈치를 보지 않고 정통의 학문만 하면서 잡서를 보지 않았기 때문이다. 사람이 어찌 모든 일에 대해 다 알겠는가. 주자도 모르는 것을 남에게 물은 일이 있다. 학문은 근본을 추구하는 것이 중요하고, 해박하지 않은 것이 흠이 되지는 않는다.

성호가 이처럼 자상하게 퇴계를 변호했으나 이 말 속에는 자신은 퇴계와 달리 잡학(雜學)까지도 했다는 뜻이 담겨 있다. 다른 말로 하면 성호 자신은 퇴계보다도 아는 것의 폭이 더 넓다는 뜻이 된다. 이것은 성호의 오만이라기보다 학문하는 방법에 있어서 그가 강조하는 '자기다운 체득(自得)'을 말하는 것이다.

이러한 생각 때문에 성호는 퇴계가 많이 언급한 주자의 성리학과 이른바 '사단칠정론(四端七情論)'은 원래 긴요한 것이 아니라고 순암 안정복에게 말했다. 다만 공자 생시의 진리 탐구[洙泗學]에 실학(實學)을 겸하는 것이 필요하다고 했다.

성호가 겸손으로 말한 자신의 '잡학'도 실학에 연관되는 것이다. 끊임없이 변하고 있는 사회 현실 속에는 온갖 일이 널려 있기 때문이다.

성인이 법도를 세운 데에는 근원적인 뜻이 있다. 결국 같은 근원으로 돌아가지만 경유하는 길은 다를 수 있다. 「시경」은 형벌로 금하는 것

보다 비유로 깨우쳐서 스스로 터득하게 한다. 그리하여 따뜻하고 부
드럽고 두텁고 넉넉한 마음이 중요하다고 하는 것이다[溫柔敦厚]. 시
대가 같지 않고 일에도 다른 점이 있어 한결같은 판단만 하고 있을
수 없다. 그런데 옛것만 고수할 수가 있는가.

성호는 이렇게 변하는 현실을 일깨울 뿐 아니라 '실천'의 필요성
에 대해서도 말했다.

경서(經書)를 연구하는 것은 세상에 쓰이기 위한 것이다. 그 내용을
입으로만 말하면서 천하의 온갖 일에 아무 조치도 취하지 못한다면,
이것은 다만 외우기만 잘하는 데 그치는 것이다. 학자가 시를 읽어
외우기만 하고 예를 행해 겸손하기만 할 뿐 나라의 정사에 대해서는
깜깜하다면 이것은 잘못된 일이다.

성호의 이 말은 실천의 중요성을 강조하는 것이다.
그리하여 성호 이익은 율곡 이이와 반계 유형원의 지성이 늘 사
회 현실의 개혁과 실천에 연결되고 있는 것에 공감하고 그들의 본
을 받기를 후진들에게 전했다. 이것이 조선 실학의 첫 단계다.

가옥이 오래되고 낡아 무너지게 되었는데 서투른 목수에게 고치게

한다면 제대로 고치기도 전에 오히려 무너질 우려가 있다.

근세에 율곡 이이가 나라를 개혁해야 한다는 말을 많이 하였다. 듣는 이들은 그다지 찬성하지 않았지만 율곡의 견해가 원래 명쾌하고 절실하므로 십중팔구는 시행되었다.

현실에 맞는 일을 아는 이로서 율곡이 으뜸이라 할 만하다. 그럼에도 불구하고 애석한 일은 그의 인물됨을 존경하면서 그의 이론의 핵심은 자꾸 지나쳐버리는 이가 많다는 것이다. 따라서 나라의 폐단을 고치려는 일은 추진되지 못하고 묻혀버린다.

반계 유형원은 더 큰 뜻을 지니고 있었다. 수많은 폐단을 한 번에 씻어버리고 토지도 백성에게 나누어주라고 주장하였다. 그 뜻은 좋지만 역시 시행되기는 어려웠다. 그 밖에도 반계는 여러 가지 계획을 가지고 있었다. 비록 이러한 계획들이 당대에 시행되지는 못했지만 뒷날에는 법으로 정해 시행될 것이며, 그는 길이 스승으로 존경을 받게 될 것이다.

—이익, 「성호전집」 권30

이처럼 퇴계와 남명뿐 아니라 율곡과 반계를 존경하고 그들의 사상과 실천을 후학들에 전달해주려고 애를 쓰는 과정 때문에 성호는 조선조 실학의 수립자 또는 광주 학파의 창도자가 되었다. 성호의 이러한 성의는 진지하고 간절하여 2천 년대 오늘의 시국 현실에서도 섬뜩한 충격을 받게 한다.

예로부터 정치를 하려면 처음에 비판에 부딪히지 않는 사람이 없었
다. 중국 정나라의 자산[子産]이란 사람이 정승이 되었는데 사람들이
그를 미워해 죽이고 싶다고 하였다. 그러나 3년이 지난 뒤에는 비판
이 사라지고 오히려 자산이 일찍 죽으면 어쩌나 하고 사람들이 염려
하게 되었다. 정치인이 한번 정한 계획이면 굳게 지켜서 밀고 나가
고, 두려워하지도 노여워하지도 않아야 비로소 백성의 여론이 안정
을 이룰 수 있다.

―이익, 「성호잡저」

그런대로 역사의 발전이 없는 것도 아닌데 늘 국민의 불평이 많
은 듯이 보이는 2천 년대 한국의 구차한 현실에 대고 성호 이익이
당당한 목소리로 들려주는 말 같지 않은가. 그러면서 18세기의 성
호는 "6대주, 예수와 하느님[上帝], 모르는 것이 없고 통달하지 않은
데가 없는 서양 학자들"에 대해서도 언급했다. 중국 명나라에 들어
와 있던 가톨릭 교회의 이탈리아 신부들이 쓴 책 「천주실의」와 「칠
극」 등을 독파하고 얻은 지식이다.

다만 성호는 가톨릭 교회의 신앙이 천당과 지옥을 말하는 것이
마땅치 않아 애석해하면서, 그러나 그 밖의 내용에 대해 인정할 것

은 인정했다. 이견과 한계가 있으면서도 성호는 전 세계적 판도에 까지 눈길을 두어 구체적인 언급을 한 최초의 조선인이었다.

83세까지 산 성호의 일생 연보를 보면 그가 한 일의 대부분이 제자인 누구누구의 편지에 답장을 쓴 것으로 채워져 있다. 이것도 그가 학문을 하는 방법이었다.

더러 제자들이 직접 성호를 방문하면 예사롭지 않은 장면이 전개된다. 비록 밤을 새우며 이야기는 하더라도 식사 때가 되면 밥상에 반찬이 너무 없다. 순암 안정복이 방문한 첫날에도 반찬은 소금이나 다름없는 것이었다. 성호는 웃으면서 순암에게 말했다.

"사정이 이러하니 어떤 방문객은 아예 먹을 것을 싸서 들고 온다네."

그러나 방문하는 제자들도 가난하기는 마찬가지였다. 수제자인 윤동규도 끼니를 잇기가 어려웠고 조카이며 제자인 이병휴도 성호에게 빌붙어 있는 처지였다. 70리 밖 텃골에서 어렵사리 방문하는 안정복도 스물두 명 가솔이 한집에서 연명하기 위해 전전긍긍해야 하는 상황이었다.

그러나 성호의 제자 중에서 박해받는 천주교와 관계가 없는 계열이 영남 쪽으로 진출했고, 성호의 방대한 저서는 전집 체재로 밀양의 장판각에서 목판본으로 간행되어 후세에 잘 전해졌다. 성호가 별세하고 백 년이 넘은 1867년(고종 4년)에 나라에서 그를 이조판서로 추증했다. 이것이 성호에게 무슨 소용이 있나. 그의 생전 소금 간장만 놓여 있던 밥상에 굴비 두름이라도 보내주었으면 좋았을 것을.

지금 성호 이익의 묘소는 경기도 안산시 일동에 있다. 서울에서 전철 4호선을 타고 과천을 거쳐 안산 한양대 역에 내리면 동쪽으로 난 4백 미터 거리의 성호로가 있다. 이 길의 끝 지점에 성호의 묘소와 사당인 첨성사가 있으며, 묘소 앞쪽 차도 하나를 건너면 성호의 옛 집터가 있다.

조선조 후기 근대적 민본주의 사회 개혁 사상이었던 실학의 선구자 성호 이익은 고향 일동 마을의 이 집터에서 80 평생을 떠나지 않고 살았다. 그리고 집에서 바로 바라다보이는 앞동산의 묘소에 영원히 누워 있다.

다산 정약용

다산 정약용(1762~1836)의 고향인 마재는 북한강과 남한강이 만나는 양수리 두물머리 바로 아래 강가에 있다. 다산 당대에는 이 마을이 광주부 초부면 마재였는데, 지금은 남양주시 조안면 능내리 마재 마을이다.

정다산이 여유당에서 손님을 맞이하는 자리(모형)에 동석한 필자

마재로 가려면 팔당에서 구도로로 들어서야 한다. 팔당 마을에서 새로 뚫린 터널 길로 들어서면 길이 달라져 마재 마을 입구를 지나쳐버리게 된다. 중앙선의 와부면 능내 역 철로 밑을 지나면서 바로 오른쪽으로 갈라져 들어가면 정다산 마을이다. 지금은 기차의 통일호가 서던 능내 간이역이 없어졌지만 다산 마을로 갈라져 들어가는 지점은 변함이 없다.

마재 마을 다산의 생가 여유당(與猶堂)은 복원과 보수를 거듭하며 잘 보존되고 있다. 다산 기념관을 비롯해 여유당 뜰 둘레가 더 확장

수종사

되고 관리도 잘되고 있다.

다산은 이 마을에서 출생해 열 살 때 부친 정재원 밑에서 본격적으로 학문의 길에 들어섰다. 다산이 15세 되던 해에 부친이 호조 좌랑이 되어 서울에 마련한 셋집에 가서 부모와 함께 살며 계속 공부에 매진했다. 이때 서울에 살고 있던 자형 이승훈을 비롯해 이가환·이벽 등 학식이 출중한 젊은 선비들을 만나게 되었는데 이들은 모두 남한강 변 양근에 살고 있는 권철신을 스승으로 모셨다. 권철신은 또한 성호 이익의 제자였다.

맑은 날 수종사에 가면 풍경이 물방울 종소리[水鍾]를 낸다.

다산은 성호 선생을 만날 수 없었다. 16세에 다산이 성호의 저작을 읽고 감복했을 때는 이미 성호가 별세한 지 15년이나 지난 후였기 때문이다. 그러나 같은 남인 출신으로 광주 지역의 어른이며 자기의 선배들이 다 성호의 학통을 이어가고 있으니 다산도 스스로 철저히 성호의 광주 학파에 가담하는 입장이 되었다. 뒤에 전개되는 다산의 일생을 볼 때 택호를 '여유당'으로 짓는 것으로부터 시작해 대표적인 역저 「목민심서」의 내용에 이르기까지 이익의 「성호사설」에 따르고 있다.

다산은 22세에 진사가 되어 성균관에 들어갔는데 이때 마재 고향 집에 잠시 쉬러 갔다. 다산 가문의 본거지는 계속 광주 마재였다. 이곳은 강과 산을 가까이에 둔 아름다운 마을이다. 마침내 진사에 급제도 했으니 "이번에 마재 집에 돌아갈 때엔 쓸쓸하게 가지 마라." 부친이 말했다. 다산은 서울에서 관직에 발을 들여놓은 젊은 벗들과 함께 귀향했다. 이들과 함께 마을 앞 강에서 뱃놀이를 하는데 광주 부윤(廣州府尹)이 소식을 듣고 피리와 젓대를 부는 악사들을 보내 축하해주었다.

고향 집에서 지낸 사흘 뒤에는 근처 수종사(水鍾寺)로 놀러 가기도 했다. 어렸을 때 조용히 책을 읽는다고 찾아가던 곳인데 그때엔 언제나 쓸쓸한 심경이었다. 이번에는 마을과 인근에서 10여 명의 젊은이들이 따라나섰다. 일행은 소나 노새를 타기도 하고 가장 젊은

축은 걸어서 갔다. 절에 올라가니 이른 저녁때가 되었는데 석양이
산봉우리를 붉게 물들이고 강물에 비쳐 반짝였다. 밤이 되니 달빛
이 대낮처럼 밝아 모두 함께 거닐며 술을 마시고 시를 읊었다.

다산은 난세에 도전하기보다 소박하고 평화롭게 살고 싶었다. 그
는 이러한 공상을 글로 쓰기도 했다.

> 적은 돈으로 배 하나를 사서 그 안에 그물과 낚싯대를 갖추고, 한 칸
> 의 온돌방도 마련하고, 솥과 소반과 잔을 갖추어놓는다. 아내와 아이
> 와 종 한 명쯤을 데리고 수종사 아래로부터 두물머리 사이를 왕래하
> 며 바람을 쐬고 고기를 잡고 잠을 자고 시를 지어 난세에 불우한 심
> 회를 읊었으면. 이것이 나의 소원이다.

그러나 세상은 다산으로 하여금 한가로이 살도록 버려두지 않았
다. 성균관에 들어가 공부하며 지내는 과정에서도 달마다 과제가
주어졌다. 학문을 좋아하는 정조 임금은 수시로 성균관에 있는 젊
은 선비들을 만나 대화와 토론의 자리를 가졌다.

어느 날 궁궐의 아전이 다산에게 다가와 소매 속에서 쪽지를 하
나 꺼내 전해주며 말했다.

"내일 「논어」에 대해 주상께 강의를 하실 범위입니다."

다산은 깜짝 놀라며 "어떻게 이처럼 문제를 미리 알고 강의를 한

정약용이 설계, 감독한 수원 화성

수원 화성 건축시 최초로 사용했던 거중기

단 말인가?" 했다.

아전은 웃으며 대꾸했다.

"괜찮습니다. 임금님께서 스스로 지시하신 범위입니다."

그러나 다산은 보지 않겠다고 했다. 차라리 「논어」 전체에서 무엇이든 질문을 하시면 답변을 올리겠다고 했다. 다음 날 경연(經筵) 자리에서 다산을 만나고 난 후 정조 임금은 다른 신하들에게 말했다.

"정약용은 「논어」의 어느 구절이든 다 알고 있구나."

정조 임금은 여러 차례 다산에게 붓·책·호랑이 가죽 등을 하사하며 두터운 신임을 보냈다. 정조가 정치적 이상의 새 터전을 마련하기 위해 1792년에 수원 화성을 축조할 때 성 전체의 설계를 다산에게 맡긴 것으로도 그 신임의 정도를 알 수 있다. 성의 축조가 끝났을 때에도 임금이 언급했다.

"정약용이 설계한 거중기 덕분에 공사비 4만 냥을 절약하였다."

그러나 사람의 일생에는 좋은 일만 있는 것이 아니다. 다산 정약용은 1784년에 은밀히 천주교(가톨릭) 신자가 되었다. 그의 형 정약전과 정약종도 마찬가지였다. 이들은 천주교 신앙생활을 왜 은밀히 해야 했던가?

여기에는 가톨릭 교회가 신자들에게 조상의 제사를 지내지 말도록 지시한 데에 문제가 있었다. 중국과 조선 사회에서는 관혼상제에 대한 주자(朱子)의 「가례(家禮)」가 원칙으로 지켜지고 있었는데 서양으로부터 들어온 외래 종교가 별세한 조상에 대한 제사를 금지하니, 이것은 큰 불효로 지탄을 받게 된 것이다.

가톨릭 교회의 시행착오며 오류였다. 교회가 1742년에 동양 사회의 조상 제사를 금지했고, 1939년에 다시 제사를 허용하는 시정을 했으니 197년 동안에 걸친 시대적 오류였다. 유한하고 상대적인 차원의 인간들이 교회를 운영하므로 오류가 있을 수 있다. 다만 절대적인 차원의 진리만은 영원히 불변한다. 제사는 원래 우상 숭배가 아니었다.

"어버이 돌아가신 날을 다시 맞이하니 멀리 돌이켜 생각할 때 길이 사모하는 마음을 가눌 길 없습니다[諱日復臨 追遠感時 不勝永慕]."

이러한 추모 행사였다.

이 문화적 전통에 대한 이해 부족으로 인해 중국과 조선에서 수많은 천주교 신자가 순교를 당했다. 다산 정약용이 속한 남인 계열 사람들은 정조 임금의 비호를 받았지만 정치적 반대 세력인 노론 계열의 천주교 박해 공세에 심하게 시달리지 않을 수 없었다.

이 신앙 문제로 인해 다산은 1795년에 충청도 홍주에 속한 금정(金井)이란 곳의 찰방(察訪) 자리로 좌천되어 갔다. 다산은 자신의 입장에 대한 해명의 글을 임금에게 바쳤는데, 자신은 "제사 금지의 내용을 천주교 서적에서 본 적이 없다[廢祭之說 亦所未見]"라고 했다. 실로 그러한 내용이 문헌에 있지는 않았다. 이 박해 시절에 다산은 천주교에 거리를 두었다. 다산의 형 정약종은 이미 순교를 당했다. 자기 한 몸은 이 세상에 살아남아 무언가 할 일이 있다고 생각했다.

교회의 지엽적인 시행착오에도 불구하고 근본적인 진리를 위해 순교한 수많은 사람은 그들대로 위대하다고 보아야 한다. 그러나 이 세상에서 다산 정약용에게는 다른 몫의 역할이 있을 수 있다. 다산은 이미 기회가 있을 때마다 나라와 백성을 위한 자신의 소명을 구현해오고 있었다. 광주 학파 실학사상의 당연한 자기 발현이었다.

경기 북부의 암행어사로 나갔을 때엔 민생의 참상을 다음과 같은 시로 쓰기도 했다.

시냇가에 선 집은 깨어진 뚝배기 같고
북풍에 이엉 뒤집혀 서까래만 앙상하네

묵은 재가 눈과 같고 아궁이는 썰렁한데
체의 망처럼 뚫린 벽으로 별빛이 비쳐드네

방 안에 있는 물건 초췌하기 짝이 없어
다 팔아도 칠팔 푼이 안 되겠네

개 꼬리 같은 조 이삭이 세 개에다
꼬인 닭 창자 같은 고추가 한 꿰미

항아리 깨진 금은 헝겊으로 발랐으며
내려앉은 선반은 새끼줄에 걸려 있네
슬프다 이런 집이 하늘 아래 널렸는데
먼 궁궐에서 어떻게 살펴보랴

―정약용, 〈적성촌사〉

다산은 수많은 시를 썼지만 그중에서도 가난한 농민들을 대변한
기민시(饑民詩)를 많이 썼다. 그는 시로써만 백성의 가난을 개탄한
것이 아니었다. 농촌과 토지에 대한 그의 글 〈전론(田論)〉에서 구체
적인 개선책도 제시했다.

무릇 선비는 어떠한 사람인데 자신은 일을 하지 않으면서 남의 토지
를 빼앗아 차지하고 남의 노동 덕에 먹고사는가. 선비도 일을 하지
않으면 양식을 얻을 수 없는 제도가 있어야 할 것이다. 선비가 농사
일을 하면 수확도 늘고 풍속도 순화될 것이다. 선비로서 굳이 농사일
이 어려운 이가 있다면 상업이나 공업에 종사해도 괜찮으며, 농업 용
구를 만들거나 수리(水利) 시설을 맡아보아도 좋다. 또는 경제적으로

여유 있는 집 자제들에게 글을 가르치는 일을 할 수도 있다. 이러한 선비에게 양식이 주어져야 한다.

이상적인 이야기다. 요는 놀고먹는 사회 구성원이 있어서는 안 된다는 것이다. 다음으로는 나라 사회 전체를 이끌어가는 인재의 고른 등용을 위해 다산이 한 말을 보자.

이것은 임금으로부터 자문을 요청받고 제출한 건의 내용이다. 다산은 정조 임금으로부터 신임과 총애를 받은 입장이지만 이 건의 내용은 냉정하고 신랄하다.

역사가들의 기록에서 보면 한 벼슬로 평생을 바쳐 직분의 뜻을 살린 이들이 있는데, 근래 우리나라에서는 무엇 때문인지 과중한 겸직의 경향이 있습니다. 직위의 중복이 여덟아홉에 이르는 이도 있고 능력도 없이 높은 자리를 차지하고 있는 이도 있으니 어떻게 정사가 잘못되지 않을 수 있겠습니까.

서자들의 등용을 막는 것도 역사에 근거가 없습니다. 중국 송나라에서는 한기가 계집종의 아들이었고 범중엄이 계부의 성을 따른 신분이었으며 소강절은 형제 셋의 성이 다 달랐으나 나라에서 중임을 맡았습니다.

이윤은 농사꾼 출신이고 범려는 장사꾼 출신이나 각기 자기 나라에서 중신이 되어 공이 컸습니다. 그런데 우리나라에서는 서북 지방 출신이라는 것 때문에도 등용에서 제외되고 있습니다.

당파 싸움도 각기 말로는 충성을 명분으로 삼지만 실제로는 사사로운 이익을 위해 모함을 하는 것입니다. 이 이면을 주상께서는 살피지 못하시니, 신이 죽음을 당하더라도 이 사실을 고해 올립니다.

이만한 발언은 다산이 행복했던 시절의 활동이었다.

다산은 1800년 봄에 노론 일파의 천주교 박해를 피해 마재 고향 집으로 내려가 택호를 '여유당(與猶堂)'이라 써서 걸었다. 이 택호는 다산이 성호 이익의 제자임을 보여주는 것이다. 「성호사설」에 '유여(猶與)'란 글이 있다.

유여는 여유라고도 쓸 수 있다. 여(與)는 겨울에 냇물을 건너는 상황이고 유(猶)는 사방의 이웃에 조심을 한다는 것으로서, 노자의 이야기다.

이는 신중히 조심하며 살아야겠다는 뜻이다.

그러나 정조 임금이 소식을 듣고 다시 다산을 불렀다. 6월 12일 달이 밝은 밤이었는데 궁궐에서 아전이 「한서선(漢書選)」 열 질을 가지고 왔다. 임금께서 이 책 다섯 질에는 표지에 제목을 써서 돌려보내고 나머지 다섯 질은 가지라는 분부를 내렸다고 했다. 아전이 말했다.

"임금님께서 선생을 몹시 그리워하시는 얼굴빛을 지으셨습니다."

이와 달리 승지가 전한 말로는 임금이 다산에게 책을 편찬하는 일을 맡기려고 인쇄소 벽에 새로 도배를 하도록 했으며, 그믐께 만나서 강의를 들려주기를 바란다고 했다. 그런데 임금의 건강이 갑자기 나빠지더니 이달 28일에 세상을 떠났다. 급보를 듣고 달려간 다산은 궁궐 안을 걸어가면서도 목을 놓아 통곡했다.

역사의 큰 흐름이 갑자기 땅속으로 스며드는 것 같았다. 파쟁을 견제하던 정조의 정치와 광주 학파의 집대성자 다산 정약용의 실학 사상이 새 도성인 수원 화성을 거점으로 꽃을 피울 기약이 물거품으로 돌아갔다. 나이 어린 새 임금 순조가 즉위하고 영조의 계비 정순왕후가 친정인 안동 김씨 일파를 내세워 정사를 맡겼다.

유배 18년 만의 귀향

이제 다산 정약용은 고향인 광주부 초부면 마재로 낙향해 은둔할 자유마저 잃어버렸다. 정조의 별세 다음 해 2월에 다산은 겨우 목숨만 부지해 귀양길에 올랐다. 경상도 장기를 거쳐 전라도 강진으

다산은 귀양살이에도 「경세유표」 등 많은 저서를 남겼다.

로 유배되었다. 그의 둘째 형 정약전도 흑산도로 유배되었다. 셋째 형 정약종은 이때 서울 서문 밖에서 순교했다.

강진 유배 18년을 지내고 다산은 광주 마재 고향 집에 돌아오는데 이때 그의 나이는 이미 57세였다. 강진의 다산 초당에서 지내며 그는 학문 연구를 계속해 「아방강역고」, 「경세유표」, 「목민심서」 등의 책을 지었다. 그는 귀양살이하는 몸이었지만 수심에 젖어 감상적인 마음으로 시간을 보내지는 않았다. 시종일관 실학사상을 추구해 민족의 역사와 정치와 민생의 발전을 위해 연구했으며 한편으로는 가난한 농민들을 대변하는 시를 썼다. 민생을 위한 방책의 글로 다음과 같은 대목이 있다.

> 성호 선생은 말하기를 "세상에서 가장 아까운 것은 쓸모 있는 것을 쓸모없는 것으로 여겨버리는 것"이라고 하였다. 무릇 사방의 들판이 마르고 시드는데, 냇물이 공연히 바다로 흘러가게 버려두니 어찌 안타까운 일이 아닌가.
>
> 반계 유형원은 말하였다.
>
> "김제의 벽골제, 고부의 눌제, 익산과 전주 사이의 황등제는 큰 못으로서 그 지방에 큰 이득을 준다. 옛날에 나라의 힘을 기울여 축조한 것들인데 오늘날에는 모두 황폐하고 무너져 있다. 무너진 자리는 실상 몇 발에 지나지 않는 것으로서 다시 고쳐 쌓는 일은 1천 명의 노동으로 열흘이면 될 정도다. 이것은 처음 축조할 때에 비하면 1만 분의 1에 지나지 않는다. 이 일을 건의하는 사람마저 없으니 안타까운 일이다. 이 세 못이 제대로 물을 보급하게 되면 노령 위쪽의 들판에는 영원히 흉년이 없을 것이다."
>
> ─정약용, 「목민심서」 천택

이 내용은 실학답게 현실적이고 구체적이거니와 또한 다산이 반계 유형원과 성호 이익 등 실학의 선대 거두에 의탁하고 있다. 이만큼 조선조 실학사상의 맥락과 내용이 충실하다.

다산은 고향에 돌아온 지 4년째 되는 해에 회갑을 맞이하고 스스로 자신의 묘지명(墓誌銘)을 작성했다. 자신의 평생 삶의 발자취를 기록해 두 벌을 만들고 한 벌은 자신의 무덤 안에 넣을 것이라고 했다. 집 뒤 언덕에 올라가서 자신의 관이 묻힐 자리를 표시해놓기도 했다. 그런데 이 묘지명에 몇 군데 주목되는 문맥이 있다.

나는 바닷가로 귀양을 가자 "어린 시절에 학문에 뜻을 두었지만 20년 동안 속세와 벼슬길에 빠져 옛날의 어진 임금들이 나라를 다스렸던 대도(大道)를 알지 못하였다. 이제야 겨를을 얻었구나" 하는 생각이 들어 흔연히 스스로 기뻐하였다. 하늘이 내게 내려주신 복이로다. ……삼가 자신의 가슴을 들여다보듯 하느님[上帝]을 잘 섬기는 것은 인(仁)이 될 수 있는 것이지만, 헛되이 태극(太極)만을 내세워 이(理)를 하늘(天)이라 하면 인(仁)이 되기도 어렵다.

인(仁)은 유학(儒學)의 최고 덕목이다. 이 중요한 가치에 '하느님 섬기기'가 조화를 잘 이룬다는 뜻이다. 다산의 이 생각에 관심을 가져볼 만하다.

베트남의 국부라고 할 호치민은 일찍이 다산 정약용의 「목민심서」를 구해 보고 늘 옆에 가까이 두었다고 한다.

앞에서 '한류' 이야기가 나왔었다. 한류가 동아시아에서 통한다지만 이 범위가 한계라면 한류의 가치는 허약한 것이다. 세계로 나아가야 한다. 그러면서 한류이고 한국이어야 한다. 보편적 세계에 통하는 문화여야 한다. 경기도 광주의 분원과 마재 사이를 흘러내린 한강이 황해에서 멎을 수는 없지 않은가.

다 섯 번 째 여 행

서울의
뒤안길

서울의 안국동 로터리에서 인사동 복판으로 들어가는 길 오른 편에 '머시기 꺽정인가' 라는 간판의 맥줏집이 있다. 별로 특색은 없지만 도로 쪽으로 난 벽 전체가 유리로 되어 있어, 이 카페에서 맥주나 커피를 들며, 거리를 지나가는 사람들을 편하게 바라볼 수 있다.

마주 앉은 여성 시인이 무심히 한마디 한다.

"인사동에서는 사람이 혼자 걸어가도 외로워 보이지 않아요. 인사동에서는 천천히 걸어가는 모습도 이상해 보이지 않아요."

듣고 보면 이것은 바로 시인데 이 시인은 별 생각이 없이 하는 소리 같고, 아마도 이 생각을 시로 쓰지도 않을 것 같다.

인사동은 사람의 마음을 편하게 해준다. 1960년대에 김승옥이 쓴 소설 〈서울, 1964년 겨울〉에서 안형이라는 청년 주인공이 말한다.

"서울은 모든 욕망의 집결지입니다."

그런데 서울에서도 복판인 인사동은 마치 시골 고향처럼 고즈넉하다. 노변의 점포들의 모양이 점점 변해간다는 말을 하는 이도 있다. 그러나 인사동의 수많은 골목 안으로 들어가면 수십 년 동안 변하지 않은 집이 많다. 대부분이 식당이거나 술집이지만 주인들의 심성이 대개 푸근하고, 어쩌다가 자리를 예약하려 전화라도 걸면

제법 목소리를 알아채곤 한다. ‘이모 집’, ‘평화 만들기’, ‘실내악’, ‘초당’ 등이 그렇다.

인사동만 인사동이 아니다. 북쪽의 가회동, 동쪽의 운니동, 남쪽의 무교동, 서쪽의 청진동과 수송동까지 다 인사동의 분위기를 띠고 있다.

인사동의 학고재 골목 안쪽에 있는 조그만 녹차 집 ‘흐린 세상 건너기’의 단골인 채현국이 이해 늦은 가을에 딸을 시집보낸다. 천도교 본산인 수운 회관 건너편에 있는 운현궁이 식장이다. 조선조 말엽 흥선대원군의 집이지만 고종 임금이 즉위하기 전 열두 살 때까지 이 집에서 자랐고 명성황후 민씨와 혼례를 치른 곳도 이 운현궁의 안채인 노락당 마당이었다.

지금 예식장으로 빌려주기도 하는 이 자리가 채현국네 결혼식장이다. 오후 두 시에 하객이 모여들었다. 리영희 · 임재경 · 이계익 · 황명걸 · 이호철 · 남정현 · 송대현 · 이부영, 좀 늦게 백낙청도 도착했다. 운현궁 넓은 공간이 인파에 덮이는 듯하다. 노락당 안마당에서 전통 혼례가 시작되는데 각자가 어깨너머로 식을 구경하다가 성질이 급한 이들이 서둘러 한잔을 하기 위해 피로연장으로 가자고 한다.

이렇게 되어 빠져나가는 행렬에 체격이 돋보이는 방배추가 있어 리영희 선생이 막아선다. 웃음 띤 얼굴로 “한판 붙을까?” 하고 리영

인사동의 새 명물 쌈지길

희 선생이 주먹을 부르쥔다. 방배추는 "어이구, 저야 뭐 몸이 약해서요" 하고 비켜서는 척한다. 서울에 집도 많고 거리도 많지만 구경은 사람 구경을 하게 되는 셈이라는 말이 있다. 이날의 혼례식장에야말로 숱한 사람이 모였는데 모두 한가락씩 하고 어깨를 비비대며 몇십 년을 지내온 이야기가 넘쳐나는 사람들이었다.

지금 '인사동을 사랑하는 사람들'을 형성하는 젊은이들이 원래 인사동 터줏대감으로 모시는 이들은 고 민명산, 박이엽, 천상병이다. 이들은 60년대에 명동, 70년대에 관철동을 거닐다가 80년대 이

후 인사동으로 왔다. 여기에 추가되는 이름들을 들면 채현국, 임재경, 이계익, 황명걸, 신경림 등이 있다.

이만한 연륜이면 바로 하나의 역사가 된다. 문화 기행 또는 역사 산책이라는 것에도 이 사람들에 관한 이야기를 쓸 만하다. 이야기를 너무 많이 지닌 사람들이 이날 서울의 운현궁과 인사동에 모였다.

결혼식 피로연장은 운현궁에서 좀 떨어진 거리에 있는 다래옥이란 2층 한식집이었다. 아래위 두 층의 손님이 모두 결혼식 하객이었다. 앞서 온 이들이 위층에 자리를 잡았다. 소설가 이호철, 열린우리당 의장을 지낸 이부영, 민예총 부이사장 김용태, 그리고 엊그제 새로 취직을 했다는 방배추가 한자리에 앉았다.

방배추는 본명이 방동규인데 그냥 별명인 배추로 널리 통한다. 나이가 몇인데 새로 취직을 하는가. 72세다. 그런데 몸이 청년보다 더 건장하고 좌중에서 목소리도 가장 크다. 배추 옆에 앉은 김용태가 주머니에서 신문을 한 장 꺼낸다. 바로 배추에 관한 기사가 어제 날짜 신문의 거의 한 페이지를 차지하고 있다. 〈중앙일보〉 2005년 10월 21일자 사회면이다. 기사의 큰 제목에서 시작해 작은 제목들을 연결해보면 이렇게 된다.

고궁 안내원 된 왕년의 협객, 조선 3대 구라, 스라소니 후 최고 주먹으로 유명, 경복궁 근무 방배추 씨, 백기완 씨 대통령 후보 시절 경호

대장, 감방 동기 유홍준 청장 권유로 새 일.

조금 과장된 부분도 있지만 이와 같은 내용의 발설자로 인용된 사람은 소설가 황석영이다. 전에도 황석영이 배추를 가리켜 '민주 주먹'이니 '민족 주먹'이니 하는 말을 썼고 자신의 소설 안에서도 조선의 3대 구라(입심 좋은 사람)에 백기완·방배추·황석영 자신을 내세운 일이 있다.

바로 그제 저녁에도 인사동 '이모 집'에서 배추의 취직을 축하하는 회식 자리가 마련되었다. 참석자는 유홍준 문화재청장, 이부영 전 의원, 유인태 의원, 김태홍 의원, 이재오 의원, 언론인 임재경, 화가 주재환, 민예총 부이사장 김용태 등이었다.

얼마나 대단한 취직이기에 축하 모임이 이렇게 거창한가. 그의 직함은 '경복궁 관람 질서 지도 위원'이며 경복궁의 관리소장과 과장의 아래 직급이다. 월급 액수도 변변치 않다. 그러나 그 나이에 취직이라니 얼마나 대단하냐고 배추 자신이 대견해한다. 이 나이에 이르도록 지난날에 그는 무엇을 했나. 필요하면 막노동을 하는 것도 예사였지만 한때는 〈조선일보〉 주필로 있던 소설가 선우휘 씨의 알선으로 현대 건설의 동두천 채석장 관리인, 현대 건설의 사우디아라비아 현장 감독도 했다. 하지만 그곳에서 회사 편을 들지 않고 노동자들을 편들다가 구사대의 집단 폭행에는 이길 수가 없어 귀국했다.

배추는 일대일의 싸움에서는 진 예가 없으며, 열일곱 명을 상대한 경우에 진 적이 있다고 대답한다. 사우디아라비아에서의 일이 그 경우였을 법하다. 그 뒤 그는 홍성에서 텐트 공장 공장장, 중국 청도에서 역시 텐트 공장 사장을 지내며 2백 명 가량의 종업원을 거느린 적도 있는데 회사가 부도로 넘어가 국내 거주 아파트도 잃었다. 그리고 이번에 이 대단한 취직을 한 것이다.

이나마 취직이 가능했던 데에는 상당한 배경이 있었다. 그는 한때 강원도 철원에서 산 중턱의 넓은 농지를 개간했는데 여기에 장준하·백기완 등 민주화 운동 거물의 방문이 있었다. 이 때문에 그는 간첩이라는 모함을 받고 1975년에 긴급조치로 서대문 교도소에 들어가 6개월간 갇혀 있었다. 이때의 감옥 동기들이 '이모 집' 축하 회식에 모인 사람들이다. 그들은 모두 배추보다 훨씬 연하로서 애정을 담아 감히 "배추 형님"이라고 부른다. 배추는 그냥 다 좋고 즐겁기만 하단다.

2층에서 불고기에 소주를 마실 만큼 마신 사람들이 자리에서 일어섰다. 아래층에 내려오니 거기에 리영희 씨가 에베레스트 등반 대원인 여성 등산가 정명숙과 마주 앉아 식사를 하고 있다. 리영희 씨는 투사이기도 하지만 또 낭만주의자라 젊은 여성들과 어울리기를 좋아한다. 그는 또 배추를 상당히 좋아하기도 한다. 낭만파 주먹을 좋아하는 것이다.

리영희 씨도 평안도 태생이고 6·25 참전 장교 출신이므로 성질이 급할 때는 주먹도 쓴다. 문학평론가 염무웅은 대구에 있는 영남대 교수가 되어 서울을 떠나 있으면서 오랜만에 상경하면 친지들을 여러 명 소집해 크게 술판을 벌이곤 한다. 어느 해에 관철동에 있던 '낭만'이란 술집 2층에서 염무웅이 그러한 자리를 주최했다. 거의 스무 명쯤의 사람이 모여 먹고 마시고 취했다. 이미 작고한 이수인 교수가 노래를 한 곡 불렀는데 박인환 시인의 〈목마와 숙녀〉가 가사인 노래였다. 이때 소설가 박태순이 벌떡 일어서더니 이수인에게 욕설을 퍼부었다. 70년대 민주화 운동의 열기가 있던 그때에 그 노래는 너무 감상적이라는 것이 박태순의 불만이었던 것 같다.

박태순은 평소에 얌전하고 예의가 바른데 술에 취하면 주정을 하는 버릇이 있었다. 그는 선배인 이수인에게 욕설을 퍼부은 것으로도 부족했던지 그 큰 술상의 한쪽을 들어 뒤집어버렸다. 그때 그 자리에 리영희 씨가 있었다. 어느 틈엔지 번개같이 리영희 씨가 뛰쳐나와 박태순의 따귀를 때렸다. 박태순의 안경이 바닥에 날아가 떨어졌다. 주변에서 말려 수습이 되고 다시 2차 자리로 옮긴다고 일행이 골목에 나섰을 때엔 박태순도 이미 정신이 든 듯 미소를 지으며 사과를 하는 표정이었다. 그날 밤 그 주석에서 리영희 씨의 결연한 행동이 없었으면 그만한 진정 국면이 이루어지지 못했을 것이다.

리영희 씨는 젊은 후배들을 좋아했고 후배들도 그를 존경하고 좋아했다. 그리하여 리영희 씨의 자택에 여러 명의 젊은이가 찾아가곤 했다. 불우한 시대를 살았던 투사의 집 치곤 리영희 씨의 자택은 이층집으로서 옹색해 보이지 않았다.

어느 해에 채현국과 그의 친구들이 리영희 씨 자택에 찾아갔다. 그 일행 중에는 박윤배·김이준·황명걸과 여러 명이 더 있었는데 어떻게 얼렀는지 방배추도 그 자리에 동석했다. 그날의 분위기는 은연중에 어떤 관심과 긴장으로 팽팽해졌다. 박윤배가 경기고 출신으로서는 가장 센 주먹이었는데 배추와 기 싸움이든 한판 뛰는 활극이든 일이 일어날지도 모른다는 분위기였다. 동석한 사람들의 솔직한 심정은 당대의 유명한 주먹들 사이에 대결의 장면이 연출되었으면 하는 것이었다.

그런데 좌중의 예상과는 다르게 배추와 윤배 사이는 내내 아주 유쾌하고 상냥한 분위기였다. 이렇게 된 이유가 있다. 나이가 좀 아래인 박윤배는 채현국이 운영하는 '흥국 탄광'의 현장 소장으로서 힘깨나 쓰는 동료들도 데리고 다니는데 체통을 세우는 일이 필요했다. 윤배가 배추의 옆에 앉아 귓속말을 했다.

"형님, 오늘만 좀 봐주쇼."

배추는 힘 쓰는 사나이들 사이에 있을 수 있는 애교로 받아들이고 고개를 끄덕였다. 그러자 바로 윤배가 "배추, 한잔 들어!" 했다.

배추는 미소를 짓고 "응" 하고 응대를 하며 기분 좋게 술을 들었다. 윤배 쪽으로부터 나온 후일담은 이러했다.

"어깨들은 상대를 보면 바로 그 실력을 인정하게 되니까……."

싸움이 되지 않는다는 것이었다.

그 어렵고 살벌했던 군사독재 시절, 이른바 민주화 운동의 긴장 속에서도 리영희 씨는 후배들의 이러한 낭만까지도 알아채고 즐기면서 그 세월을 보냈다. 다래옥 피로연장에서 흩어질 무렵 배추는 리영희 씨에게 붙들렸고, 피로연 주최자인 채현국이 폐백을 마치고 식당에 도착해서 "나오지 말고 더 있자"라고 했으나 사람들은 그만 흩어지기 시작했다.

지난날 한국의 2대 사설 탄광의 하나인 흥국 탄광의 경영주였던 채현국은 그 광산의 현장 소장이었고 행동 대장이었던 친구를 이젠 잃었다. 박윤배가 간암으로 별세한 것이다. 지금은 배추만이 "스라소니 이후의 주먹"이라 불리우면서 역시 채현국과도 친한 사이로 지낸다.

다정한 사람들

지금 대학로라 불리는 동숭동에 서울대학교 문리과대학이 있던 시절이다. 문리대 철학과에 50년대 중반 학번으로 채현국이 있었다. 머리를 삭발하고 신발 속에 양말을 신지 않은 맨발로 학교에 나타나기도 하는 그는 학과를 초월해서 친구들을 사귀었다. 임재경 · 이계익 · 황명걸 · 김윤수를 비롯해 수많은 친구를 그러모았다. 당시에 부친이 탄광을 경영하던 환경에서 채현국은 다른 학생들보다 용돈을 많이 가지고 다녔다.

학생 신분이기에 호사를 부리지는 않았지만 소탈한 대중식당에서 뜨거운 국물을 시켜 나누어 먹는 것으로 시작해, 채현국과 함께 점심 자리에 앉는 학우들은 훈훈한 분위기에서 포식을 하는 편이었다. 그는 유난히 친구들을 좋아했는데 처음 만나 인사를 나누게 되는 친구에게는 "인류의 고민을 함께 나눕시다" 하며 악수를 했다. 이 맨발의 철학도의 가슴은 뜨거웠다.

문학을 한다고 학교에 자주 결석을 하며 명동으로 나다니는 친구를 찾아 그도 시내로 진출해 불문과 황명걸을 비롯해 문학 하는 친구들을 만나기도 했다. 그러면서 그는 6 · 25 피란 중 대구에서 서울의 다른 중 · 고교 학생들이 함께 수용되어 공부하던 연합 학교 출신들과도 어울렸다. 이들과는 대학에 진학해서, 또는 사회에 나와서까지 친구로 지냈다. 사대부고 출신인 그가 경기고 출신인 백낙청 · 박윤배 · 이종찬 등과 친한 것은 대구의 연합 학교 동창이기 때문이다.

학교를 졸업하고 부친의 뒤를 이어 탄광 일에 손을 댔을 때 그는 현장 소장으로 박윤배를 끌어들였다. 그러면서 서울에서는 집이 없는 친구에게 집을 사주기도 했다. 한 친구는 채현국에게 아무개에게는 집을 사주고 왜 내게는 점포 정도를 사주느냐고 불평을 한 예도 있다.

채현국은 탄광과 서울과 또 저 남쪽 양산을 오가면서 여러 가지 일에 마음을 썼다. 고등학교를 세우기도 하고, 계간 문예지 「창작과 비평」의 창간 단계에서도 크게 기여했다. 바로 백낙청이 창비를 맡아 착실히 이끌어온 것이 오늘날 한국 문화계 최대의 거점이 되었다. 창비에 염무웅·리영희·신경림을 비롯해 여러 사람이 모였다. 지금은 흥국 탄광도 문을 닫아 겉보기로는 채현국이 한가한 것 같지만 내면적으로 그는 늘 바쁘다. 첫째로 사람 좋아하는 일 때문에도 그는 바쁘다.

어떤 친구가 빙판에서 넘어져 팔꿈치에 물집이 생기고 쉽게 낫지 않으면 팔을 끌고 저 장위동 넘어가는 고갯마루 한의원에 가서 한약을 지어준다. 그 약을 달여 먹으면 이상하게 쾌유가 된다. 채현국의 모친 별세 때는 조의금 들어온 데서 상당액을 가지고 나와 인사동의 '하가' 맥줏집에 맡겼다. 누구누구, 글 쓰는 친구가 오면 술을 주라고 3등분을 해 각 친구의 몫을 지어놓았다.

어떻게 보면 황당한 일이지만 과연 한 사회가 되어 돌아가는 데

치는, 마르지 않는 기름은 무엇인가. 정(情)이다. 채현국이 하나의
본보기지만 여러 사람 모두에 연관되는 원리다.

정이 있어 땅에 심으니 열매가 되어 돌아온다

정이 없으면 씨앗이 아니니 존재도 아니고 생명도 없다

有情來下種 因地果還生

無情旣無種 無性亦無生

선가(禪家)의 5조 홍인이 6조 혜능에게 준 게송이다. 운현궁 혼례
식에 모인 사람들 속에서 보게 된 것도 이 '정'이었다. 채현국·리
영희·방배추·이부영, 이들이 이 시대에 보여주는 어떤 정겨운 모
습의 의미에 대해 생각하게 되는 것이 있다.

리영희 선생은 특히 70·80년대에 우리 사회 젊은이들의 정신적
스승이었다는 평판이 있다. 그의 저서 「전환 시대의 논리」와 「8억
인과의 대화」를 계기로 그러한 말이 나오게 되었다. 그는 분단 시대
냉전 논리의 좁고 왜곡된 틀에서 세계를 보던 사람들의 시야를 확
넓혀주었다. 그리고 그의 말과 행동의 일치, 즉 정직한 삶의 모습으
로 젊은 세대에게 교훈을 주었다.

그러나 인간 리영희는 목에 힘을 주는 사람도 아니고, 어떤 욕심
때문에 억지로 고집을 부리는 사람도 아니었다. 다만 정직한 정신

서해 북방 한계선 근해

을 가진 사람이었다. 그는 이 동아시아 판도에서 베트남과 중국에 대한 객관적 시야를 사람들에게 제공했다.

제약과 은폐가 많은 국내 문제에 대해서도 마찬가지였다. 1999년 6월에 이른바 '서해 교전'이란 사건이 일어났는데 남한의 언론과 지식인들의 논조는 하나같이 북한 해군이 북방 한계선을 넘어 남한 영해를 침범했다는 것이었다. 그들은 흥분하고 분노했다. 그러나 그 문제에 대한 리영희 교수의 생각은 다음과 같았다. 그 진상은 대중의 인식과 정반대가 되는 것이었다.

'북방 한계선'이라고 하는 것은 다음과 같은 이유에서 만들어진 것입니다. 이승만은 휴전에 반대했는데 미국의 주도로 휴전이 성립된 것이 못마땅해서, 전쟁을 다시 시작할 수 있는 구실과 방법을 찾았어요. 그래서 생각해낸 것이, 한국군이 북한을 공격하는 것이었습니다. 한국군이 북한군을 공격하면 북한과 중국 지원군이 반격을 할 것이고, 전투가 확대되면 미국이 아무리 싫어도 다시 참전하게 될 것이다, 전쟁 재발을 이용해서 압록강까지 북진 통일을 하려고 한 것입니다. 그래서 황해도 연안을 계속 공격했지요.

그러나 미국의 아이젠하워 대통령은 휴전협정을 조속히 해결하여 미군을 그 가족에게 돌려보낸다는 공약으로 당선됐으니까 빨리 휴전협정을 체결하려고 전력을 다했지요. 그런데 이승만 대통령이 계속 분쟁을 일으키고, 휴전이 성립된 뒤에도 계속 그것을 깨려고 하니까 화가 났어요.

그래서 한국 해군이 다시는 황해도를 침공할 수 없게 유엔군 사령부가 하나의 선을 그은 겁니다. 그것이 소위 '서해 북방 한계선'이라는 거예요. 만약에 북쪽에서 남쪽으로 이동하려는 군함이나 물체가 남쪽으로 더 못 내려오게 하기 위해 규정한 선이라면, 당연히 '남방 한계선'이라고 해야 하지 않겠어요? 소학교 2학년생의 아이큐로도 이해할 수 있는 문제지!

그래서 내가 철저한 고증을 거쳐 세밀하고 상세하게 논문을 썼지요.

6·25에 관한 미국 정부의 최고급 극비 문서가 권당 3천 쪽의 부피로 일곱 권인데 그중 세 권이 이 문제를 다루고 있어요. 그것을 다 읽고 쓴 글입니다.

─리영희 대담 「대화」에서

이러한 내용의 강의를 들은 한 사람이 너무도 놀라고 믿고 싶지 않아서 리영희 교수를 고발했지만 검찰은 그 고발을 받아들이지 않았다. 왜냐하면 리영희 교수의 주장을 반박할 증거가 없었기 때문이다. 이런 식으로 리영희 교수는 역사적 진실을 증거에 의해서만 밝혀나갔다.

1900년대 초에 들어와서 소련과 동유럽의 사회주의 세계권이 와해되었을 때였다. 1991년 1월 26일 한국 정치 연구회가 〈오늘의 변혁시대를 어떻게 볼 것인가〉를 주제로 토론회를 열었다. 토론의 주제 발표자가 리영희 교수였다. 연세대 장기원 기념관에서 발표한 이 주제 내용이 이해 「신동아」 잡지 3월호에 다시 게재되었다. 이 토론회에서 리영희 교수는 "스탈린식 사회주의는 전면적으로 부정되었고, 사회주의 일반으로서는 생산력이 조직 형태로서 그리고 제도적 정치 형태로서 상당한 근거를 상실했다고 본다"라는 요지의 견해를 표명했다. 사람들은 리영희 교수를 진보적 지성인의 대표격으로 생각하고 있었고, 그리하여 사회주의 세계권이 와해되고 있는 이 현상은 무엇이 잘못되어 이렇게 되는 것인지, 어떻게 사회주의적 이상사회를 재건해야 하는지 그 답을 들을 수 있을 것으로 기대했다. 그러나 리영희 교수는 "교조화된 가치 구조에 판단을 귀결시키지 말고, 그에 대항해서 '인간(개인)'을 선택의 주체로 확인할 필요가 있다"라고 했다.

실로 30여 년의 군사독재가 한국 사회를 지배하고 있었으니 이것을 어떻게 자유민주주의라고 인정할 수 있는가. 이 독재와 폭력에 반대할 마땅한 대안이 없으니까 상대적으로 민중 주체의 사회주의를 은연중에 선망하게 된 지식층 풍토가 무리도 아니었다. 리영희 교수도 중국의 이른바 문화대혁명을 현지에 가서 볼 수 없는 것을 답답해하면서 이상주의적으로 기대하는 경향을 지녔던 것 같다. 그러나 이제 사회주의 세계권 전체를 볼 때 근본적으로 "안 되는 것은 안 되는 것"이라고 정직하게 실토해버리는 것이 리영희 교수의 성격에 맞는 태도였다.

이 문제에서 연상되는 한 가지가 있다. 그것은 독일 프랑크푸르트학파의 집대성자인 하버마스가 당초 소련의 볼셰비키 혁명은 민중의 계급적 봉기만 생각했을 뿐 '자유'에 대해서는 한마디도 언급한 적이 없다는 문제점을 지적한 것이다. 자유와 책임에 의한 도덕적 힘이 사회에 요구되지만 우선 '자유'는 인간 본성에서 발원하는 기본 인권으로서, 결여될 수 없는 것이었다. 자유가 없으니까 1당

체제가 되고 관료화하여 동맥경화를 일으켜서 외침이 없이 현실사
회주의 세계권이 자체 붕괴된 것이 역사적 현실이었다.

　그러나 그날의 토론회에서 리영희 교수는 말하자면 진보적 지성
인의 자리에서 일종의 전향 선언을 한 것처럼 비쳤을 수도 있다. 그
자리에서 사회를 보고 있던 고려대의 최장집 교수마저 리영희 교수
에게 말했다.

　“선생님, 앞으로 후회하실지도 모릅니다.”

　최장집 교수도 당시까지는 남한 기성 체제에 참여하는 일은 생각
지도 않았을 수 있다. 그러나 그도 얼마 안 있다가 김대중 정권에
정책 보좌역이 되어 체제에 참여하게 되었다.

　연세대 토론회 직후에 리영희 교수는 시내 명륜동에서 박중식 시
인이 경영하던 식당 ‘쇠죽가마’에 들렀다. 마침 그 자리에 있던 후
배 한 명이 리영희 교수에게 말했다.

　“선생님, 이번에 참 어려운 결단을 하셨더군요.”

　그리고 이어서 그는 한마디 더 했다.

　“그런데 그 사회주의가 안 된다는 것을 저는 전부터 알았거든요.”

　이러한 때에 리영희 교수는 어떤 모습을 보였을까. 리영희 교수
는 웃음을 띠며 그 후배에게 군밤을 먹이려고 주먹을 쥐고 달려드
는 시늉을 했다. 이것이 리영희 교수의 천의무봉한 천진성이었다.

리영희 교수를 만난 날, 그에 관해 기탄없이 자유로운 이야기를 하는 마당이다. 1999년에 〈연세 대학원 신문〉이 기획 특집으로 "20세기에 가장 영향력 있는 학자"로 국내에서는 리영희를 꼽았다. 그는 언론계 출신으로서 객관적 공정성과 충실성으로 세계의 현실을 꿰뚫어보는 작업을 했다. 현대사 사료 연구소 이사장이라는 직함을 가진 때도 있었다. 세계 현대사, 제3세계 문제, 특히 중국 문제 연구가로 그의 입지는 뚜렷하다. 중국 문제 연구로서 그가 낸 여러 권의 저서는 대체로 세계 여러 곳의 중국 문제 연구 논문들을 모으고 정리해서 펴내는 자료적 내용이었다. 1980년대에 펴낸 「중국 백서」, 「10억 인의 나라」 등이 그러하다. 중국에 관해서도, 지금 21세기에는, 상황이 점점 급변해가고 있다.

지금 한국 사람들에게 절실히 관계가 되는 것은 '동아시아'의 현실이다. 그리고 이 지역의 문제는 경제뿐 아니라 문화적 전통의 내용도 함께 중요한 의미를 지니고 있다.

동아시아에는 불교 · 유교 · 노장(老莊) 등의 철학이 있다. 이 세 요소를 인도 · 중국 · 한국 · 일본이 가지고 있다. 땅이 넓고 역사가 오랜 중국이 이 동아시아 문화를 종합해 가지고 있으며, 한국과 일본도 마찬가지 경우다.

동아시아 문화권에 종주국이 따로 있는 것은 아니다. 그것은 철학이 가장 먼저 발전한 그리스가 유럽을 지배하는 나라가 아닌 것과 같은 이치다. 문화는 인류가 공동으로 누리는 가치이며 자산이다.

중국은 요나라 시절부터 주나라 시절까지가 정신적 가치의 이상(理想) 사회였다. 그 뒤 전국시대를 거치고 현대에 이르기까지 혼란과 전략이 지배하는 사회가 되었다.

가까운 시대로서 1966년부터 1976년까지 10년 동안에 중국은 "마르크스주의와 프롤레타리아 독재를 지켜, 계속 혁명을 추진한다"라는 이른바 '문화대혁명'을 겪었다.

궈모뤄(郭沫若)와 린뱌오(林彪) 등 주요 인물이 사회주의를 배반하고 공자를 숭배하는 과오를 저질렀다고 숙청되었다. 장칭(江靑)을 비롯한 4인방이 무제한적으로 정신문화를 파괴하는 방향으로 중국 대륙을 몰고 갔다. 한편으로 공동경작 경제정책인 인민공사를 추진해 능률이 땅에 떨어지고 10억 인구가 굶어 죽을 지경에 이르렀다. 결국 마오쩌둥(毛澤東)은 4인방을 축출하고 실용주의자 덩샤오핑(鄧小平)을 기용해 당의 중심 역할을 맡겨 가까스로 난국을 해소해나갔다.

이때 중국은 다시 공자를 인정하게 되는데, 문화대혁명 기간에 철저히 모든 것을 파괴해 공자 사당에서 제사 지내는 의식마저 아는 사람이 드물었다. 그리하여 중국 당국은 한국의 성균관에 사람

천안문 광장

을 보내 공자 사당의 제사 지내는 의식을 배워 갔다.

지금 중국은 해변 도시들을 개방경제 특구로 만들어 경제성장을 도모하고 있다. 농촌에서는 임대 영농제를 실시해 사유제와 비슷한 방식으로 수확을 증진시키고 있다.

그러나 정치적으로는 계속 언론의 자유와 다당제 정권 교체가 막혀 있다. 결국 일당독재가 지속되어 당의 간부들이 관료화된다. 경제가 성장해 당의 간부들이 거부가 된다. 내륙 오지로 들어가면 낙후된 민생의 참상이 있다. 빈부 격차의 극대화가 있다. 이러한 상황에서 국가를 통솔하려니까 패권주의를 쓴다. 이른바 동북공정의 일

환으로 "옛 고구려도 중국이었다"라고 주장한다. 중국은 현재의 국경선이나 지키면 된다. 과거 역사에까지 거슬러 올라가 사실과 달리 날조를 하려는 것은 부도덕한 일이다.

중국은 종교 정책에서도 폐쇄주의를 고집하고 있다. 보편적 가치와 진리에는 국경이 없다. 자연법적 질서와 인간 본성에 대한 추구는 인간다움의 가치를 풍요하게 하는 것이다.

"인간이 마음속으로 생각하는 자유는 누구도 알 수 없고 막을 수도 없다."

이것이 인권과 자유의 기본 이치다.

한국은 모든 철학과 종교와 정치적 자유가 보장되어 있는 나라다. 이 점에서 보면 땅이 넓은 나라라고 해서 강대국이라고만 할 수도 없다. 동아시아에서 역사가 오랜 나라이고 문화 전통의 뿌리가 깊은 나라인 중국은 궁극적으로 "진리를 사랑하고 백성을 이롭게 하는[樂道利民]" 나라를 회복해야 할 것이다.

중국은 2005년에 이르러 마침내 개방과 개혁의 민주화 방향으로 어느 정도 접근해가는 추세를 보이고 있다. 1989년의 천안문 민주화 시위를 가혹하게 진압했던 장쩌민(江澤民) 계열이 위축되고 후야오방(胡耀邦)과 자오쯔양(趙紫陽) 등 과거 민주화 성향 인사들의 복권 움직임이 있다. 이것은 바람직한 역사 진전의 한 조짐이다.

　오늘 운현궁 예식장에 모인 사람들은 피로연장에도 들러 식사를 하고 술을 들면서 떠들썩하게 이야기판도 벌였지만 그냥 헤어지기가 서운한 듯 미적거리다가 결국 몇 명씩 어울려 인사동 뒤안길로 스며들었다. 리영희 선생은 또 방배추를 붙잡아 놓고 무슨 신나는 이야기를 주고받을까. 그는 자서전 같은 것을 쓰기를 마다하면서 문학평론가 임헌영과의 대담 형식으로 낸 책 「대화」의 끝부분에서 말했다.

　90년대 후반부터 나는 글을 쓴다는 것에 대한 내적 갈등이 심해졌고 실의와 방황을 겪었어요. 또 변화하는 정세 속에서 나의 위치 설정이 잘 안 되더구먼. 그래서 뭘 쓸 생각을 못했어요. ……1980년대 초까지만 하더라도 나는 이 나라와 사회에서 일정한 선구적 역할을 해온 것이 사실이에요. 하지만 광주 민주 항쟁 뒤에는 우리 대중의 의식이 급진전했고, 국민 생활과 민족문제의 국가적 위기, 사회적 부조리 전반에 대한 지식인 · 청년 · 대학생 · 노동자들의 문제의식과 인식능력의 수준이 나를 뛰어넘은 감이 있을 만큼 발전했어요. 내 역할은 다 했고, 남은 역할은 내가 변치 않고 그 자리에 그 모습으로 있어주는 것뿐이라는 생각이 들었어요. 이 나라, 사회의 전진을 지켜보면서 혹시 요구가 있으면 몇 마디를 해주는 것으로 족하지. "족할 줄 알면 위태롭지 않다[知足則不殆]"는 성현의 가르침은 지금 바로 나에게 한 말이라고 생각하게 됐어요.

그러면서도 리영희 선생은 시장경제가 절반, 사회주의가 절반쯤으로 섞여서 조화를 이루는 사회민주주의 또는 민주사회주의 사회체제가 이상적일 것이라고 생각하는 데에 변함이 없다. 또 그는 말한다.

인간은 누구나, 더욱이 진정한 지식인은 본질적으로 '자유인'인 까닭에 자기의 삶을 스스로 선택하고, 그 결정에 대해서 책임이 있을 뿐 아니라 자신이 존재하는 '사회'에 대해서도 책임이 있다고 믿는다.

이렇게 자유와 책임을 함께 지니려는 생각을 일관되게 하면서, 그는 또 현 단계 자신의 위치에서 자족하려고 편안한 마음을 갖는다. 그리하여 리영희 선생은 피로연장 다래옥에 방배추를 붙들어놓고 즐거운 농담을 할 수 있는 것이다. 방배추도 때로 느닷없는 화두를 내놓고 열변을 토한다.

가령 자본주의사회에 환멸을 느끼고 숲 속에 들어가 산 사상가 스콧 니어링이 복권에 당첨되었는데, 그는 그 횡재가 불로소득이라 양심에 가책을 느껴 당첨된 복권을 찢어버리고 말았다고 한다. 배

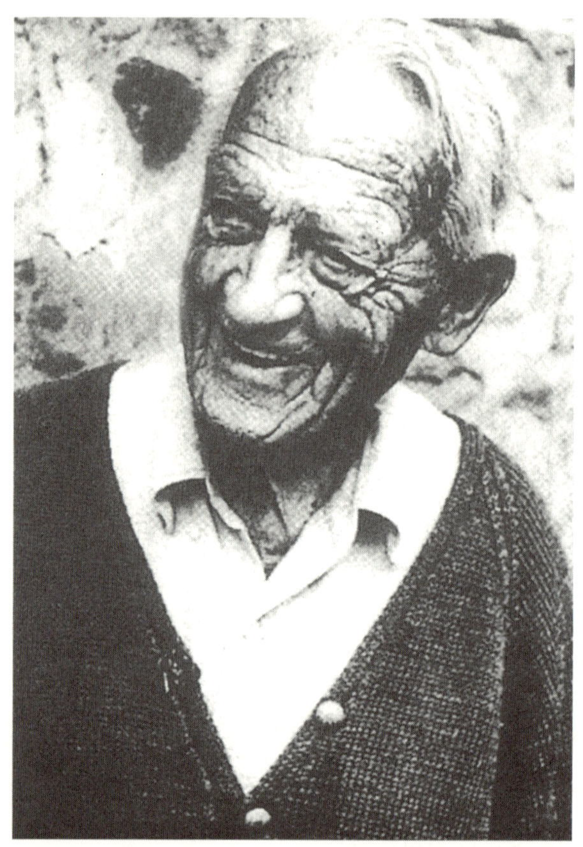

스콧 니어링

추는 말한다.

"나는 도저히 스콧 니어링처럼 할 수는 없지만, 아무튼 그런 사람이 어디 있어? 참 대단한 친구야."

거듭 스콧 니어링에게 감복한다.

당초에 스콧 니어링이 어떻게 복권을 손에 넣었는지도 이상한 일이지만 아무튼 당첨된 복권을 찢어버린 그를, "나 같으면 그렇게 못한다"라고 토를 달면서 부러워하는 배추의 생각이야말로 기발하다. 자신은 회사가 부도 나서 은행에 담보로 넣었던 아파트를 날리고 전전긍긍하면서, 당첨된 복권을 찢어버리고 마는 행동을 몹시 존경한다니? 스콧 니어링이 그 당첨금을 받아서 차라리 배추에게나 주었더라면 얼마나 좋았겠는가.

스콧 니어링에 대한 선망은 서울에서 경복궁 지도 위원을 하는 방배추로부터 청주에 사는 시인 도종환에 이르기까지 의외로 광범하게 퍼져 있는 것 같다. 도종환은 '스콧 니어링을 그리며'라는 부제가 붙은 시를 쓰기도 했다.

흩어진 장작을 추녀 밑에 가지런히 쌓으며

당신을 생각했습니다

당신이 주류 사회에서 두 번씩이나 쫓겨난 뒤

비몬트 숲 속으로 들어갈 때는

진보에 대한 희망도 길도 잃었고

세상으로부터 철저히 소외되었지만

그 대신 거대한 광기와 파괴와 황폐함에서

벗어날 수 있었습니다

흐르는 물에 이마를 씻고

바위 위에 앉아 생각해보니

당신처럼 오늘 하루 노동하고 읽고 쓰고

자연과 사람의 좋은 만남을 가지진 못했습니다

그러나 흩어진 나무토막과 잔가지들을

차곡차곡 쌓듯 내 삶도 이제는

흐트러지지 않고 질서가 잡힐 것이며

옷에 묻은 먼지를 툭툭 털며

천천히 그리고 간소하게 저녁을 맞이할 것입니다

어둠이 숲과 계곡을 덮어오자

땅 위에 있는 풀과 나무들이 일제히 별을 향해

손을 모읍니다

우리 모두 똑같은 생명을 지닌 한 가족이며

크고 완전하고 넓은 우주의 품에 들어

넉넉하고 평온해지기를 소망하는 소리가 들립니다

　　　－도종환, 〈저녁 숲〉 중에서

니어링주의도, 스칸디나비아의 민주사회주의도 다 아름답다. 순결하고 건강하다. 그리고 이러한 상태의 생각들은 자본주의의 장터를 어느 정도로든 벗어나 있는 사람들의 생각이다. 그런데 지금 한국이라는 나라는 자본주의 나라들과 단단히 엮인 현실 속에 있다. 미국과 일본에 엮여 있다. 다른 한편으로는 중국과 국경을 맞대고 있다. 중국은 스스로 말하기를 자기네가 중국식 사회주의를 하고 있다고 한다. 그러나 한반도의 경계인(境界人)이라고 불리는 진보주의자 송두율 교수는 말한다.

"중국이 하고 있는 것은 중국식 사회주의라기보다 중국식 자본주의다."

중국의 후진타오 주석에게 가장 가까운 거리에서 자문 역할을 하고 있는 정비젠이 최근에 중국의 장래에 대한 글을 「포린 어페어스」 지면에 발표해 세계적으로 눈길을 끌고 있다.

중국은 1978년에 외국인들의 투자를 받아들이기 시작한 이래 27년 간 연평균 9.4%의 높은 경제성장을 지속하고 있다. 그러나 아직도 중국의 경제 규모는 미국의 7분의 1, 일본의 3분의 1에 지나지 않는다. 중국이 현재의 경제성장률을 계속 유지한다면 45년 뒤인 2050년에야 중간 수준의 현대적 선진국이 될 수 있다.

이러한 목표의 달성을 위해서는 동아시아 지역에서 평화가 보장되어야 하고, 중국은 안정 속에서 오로지 경제를 키우는 일에만 매진해야 한다는 것이 정비젠의 주장이다.

올해에 이미 중국은 중동 지역과 유럽으로 연결되는 실크로드를 고속도로로 넓히고 포장하는 일을 완성했다. 이것은 로마에서 출발해 이스탄불과 둔황을 거쳐 동쪽으로 달리는 고속도로가 한반도의 동쪽 끝에 있는 천 년 고도(古都) 경주에 이어진다는 이야기가 된다. 이것이 바로 어쩔 수 없는 '세계화' 라는 것이다.

그리고 이 세계화의 고속도로 변에서 선진국 문턱을 넘는 자본주의 중국은 결국 개방과 개혁의 '민주화' 라는 파동을 거부할 수 없게 될 것이다. 언론 자유와 다당제 정권 교체의 가능성에도 개방되어야 할 것이다. 실크로드가 고속도로가 되는 것을 세계화라고 하자. 그러면 세계화의 궁극적인 목적은 무엇인가? 그것은 자본주의인가? 자본주의는 과정상의 한 방법일 뿐이다.

자본주의를 하는 이유가 이윤에만 있는 듯이, 그 법칙은 자유경쟁과 약육강식에만 있는 듯이, 사유재산권에는 사회적인 의무가 전혀 없는 듯이 생각하는 자본주의는 안 된다. 괴물같이 큰 금융 경제의 덩어리가 국경도 없이 굴러다니며 여기도 치고 저기도 때리는 횡포는 안 된다. 인간, 형제간에 싸움과 살육도 저지르게 하는 슬픔과 원한의 씨앗이 자본주의라면 그것은 안 된다.

그러나 개인과 가정의 자립을 위해 필요한 여건으로서 정당하고 적절하게 사유재산을 가질 권리는 인권의 한 연장으로서 인정되어야 한다. 이것이 없이 국유재산 제도만 있는 데서는 사람들이 재미를 느끼지 못하고 게을러져 이 상황이 오래가면 국민이 굶어 죽게 되는 것이 뻔한 이치다. 중국이 인민공사를 10년 만에 질겁을 하며 폐지한 이유가 거기에 있다. 그러므로 도덕적 감시 아래에 두는 정당한 사유재산권은 자본주의의 어쩔 수 없는 뿌리로서, 이것을 감상적으로 죄악시하는 것은 철부지의 소아병이며 허위적인 선동이다.

시장경제는 물건을 사는 사람의 경제력에 맞아야 하고, 물건을 내다 파는 사람이 받고 싶은 값에 팔 수 있는 조건을 필요로 한다. 시장경제가 저절로 굴러가며 모든 문제를 해결하는 진리인 것처럼 생각하는 것은 위험하다. 역시 도덕적인 감시 아래에 두어야 한다. 그러나 인간의 자유로운 창의와 능률을 위해 시장경제 이상의 다른 방법은 없다. 이리하여 사유제와 시장경제는 어쩔 수 없이 인간 본성과 자연법에 맞는 사회 운영의 법칙이 될 수밖에 없는 것이다. 이 법칙을 무시하거나 거부하는 집단은 결국 굶어 죽을 지경이 되어보아야 생각을 달리하게 될 것이다.

이것은 진보와 보수의 논쟁에 악용될 소재가 아니며, 다만 인간다운 삶의 현실적인 일상성일 뿐이다. 니어링주의도 스칸디나비아주의도 이 현실을 배제할 수는 없다.

오늘 피로연장에 늦게까지 남은 리영희 선생과 방배추는 어디로 자리를 옮겨 무슨 이야기를 꽃피울지. 그들은 각각 당대의 대표적 지성이고 협객이란 말을 듣지만, 모두 파란 많은 생애에서 최선을 다한 사람들이다. 이제 이쯤에서 멈추어 쉬어도 되며, 앞질러 나아가는 후배들의 튼실한 등판을 대견해하는 눈길로 보아주어도 된다.

역사의 현장, 인사동

이부영 의원과 어울린 네 명의 사람은 낙원상가 앞 건널목을 건너 건국 다방으로 들어갔다. 낮에 술을 더 마시는 것은 무리니 차나 한 잔 마시려는 것이다. 이부영이 비중 있는 정치인이니 화제는 자연히 정치 쪽으로 흘렀다.

마침 10 · 26 국회의원 보궐선거 직후였다. 여당인 열린우리당 후보들이 전부 낙선했고 야당인 한나라당 후보들이 당선했다. 이미 야당 의석이 더 많은 형세다. 이 형세는 야당이 잘해서가 아니고 여당이 잘못해서라는 논조가 시중과 언론에서 한결같이 일치하고 있다.

각론적으로는 여당이 틀린 말을 하는 것도 아닌 것 같은데 총론이 형성되지 못하고 정국을 종합하는 정치력이 없다고 한다. 한 차례 더 앞선 보궐선거에서도 투표 결과는 꼭 같았다. 여당의 참패였

갑신정변의 현장이었던 우정총국

다. 꼭 선거를 불과 며칠 앞으로 남겨놓은 단계에서 여당이 쓸데없
는 발언을 하는 것이다.

"정치는 현실"이라고 많은 사람이 말하는데, 오늘의 여권 사람들
은 현실을 몰라도 너무 모른다. 전략으로 치더라도 바둑에서 자충
수를 두듯이 패배를 자초하는 전략을 쓰니 이것은 전략이라고 할
수도 없는 방법이다.

영남과 호남의 지역 구도를 깬다는 것을 명분으로 내세우기보다
는 "민주주의적 가치의 자존심"을 전국 구도에서 진지하게 일깨워
야 한다. 원래 제1공화국 말기에는 영남 출신 네 명이 호남에서 국

회의원에 당선했고, 호남 출신 세 명이 영남에서 국회의원에 당선했다. 이러한 것이 원래의 민심이었다.

그런데 박정희의 5·16 군사 쿠데타 정권이 서고 그 후배 군인인 전두환과 노태우가 신군부 정권을 세웠기로서니 이것 때문에 영남의 민심이 30년도 넘게 반민주주의 노선의 역사적 타락에 빠져 있어야 하는가. 4·19 혁명도 원래 대구의 2·28, 마산의 3·15 시위를 거쳐서 서울로 온 것이다. 호남의 광주 민주 항쟁도 영남의 부마 항쟁 이후에 일어난 것이며, 부마 항쟁이야말로 김재규의 10·26 박 대통령 시해에 직접 원인이 된 것이다. 그런데 그 10월 26일의 보궐선거에서 영남은 아직도 자존심을 환기하지 못했다.

개인적으로든 정치적 경쟁으로든 싸움은 "싸우지 않고 이기는 것이 최선"이란 말이 있다. 알면서 속아주기도 하고 지는 척하면서 이기는 수도 있다. 상선약수 강해선하(上善若水 江海善下), 물처럼 부드러운 것이 최선이며, 강과 바다는 스스로 겸허하게 낮은 데에 자리를 잡음으로써 사방의 골짜기 물을 모여들게 하는 것이다. 현대의 정치 전략이라 하더라도 노자(老子)의 '물의 철학'을 실천 전략으로 쓰는 것이 효과적일 것 같다. 계속해서 발끈발끈 감정을 드러내고, 불필요하고 부작용을 자초하는 말들을 남발함으로써 정권의 덕성을 스스로 파괴하는 일이 이 나라의 민주주의 발전에 얼마나 후퇴의 과오를 조장하고 있는가.

대강 이러한 고언을 정치인 이부영이 듣지 않을 수 없었다. 헤어지는 발길은 자연히 천도교회당 옆길을 돌아 인사동으로 들어간다. 지금 경인 미술관이 되어 있는 집, 1884년 12월 1일 김옥균·박영효·홍영식 등이 나라의 개화 자립을 위한 갑신정변을 모의한 박영효의 집이다. 더 걸어서 맥줏집 '아지오'에 이르면 1884년 12월 4일에 갑신정변을 실제로 일으킨 현장 우정총국(郵征總局) 건물이 길 건너로 보인다.

인사동은 이러한 역사의 현장이다. 인사동에서 북쪽으로 큰길 건너 백 미터 재동에 박규수의 집터가 있고, 동쪽으로 2백 미터에 창덕궁이 있다. 실학자 박연암의 손자로서 구한말 당시에 우의정 자리에 있던 박규수의 집에서 개화당의 젊은 인재들이 민족 자주 국가를 지향하는 혁명의 꿈을 키웠었다.

갑신정변 당일과 개화당 정권 삼일천하 때 창덕궁 안의 고종 임금은 스스로 정변을 부추기고서도 청나라 군대의 급습 앞에서 다시 사대적 수구 세력 쪽으로 업혀 가는 변신을 했다. 개화당 일파의 혁명 준비가 조급하고 미비해 다케조에 일본 공사의 지원도 제대로 받지 못하고 참패와 몰살의 비운에 떨어졌다.

나라의 정대한 맥통이 이렇게 낭패했고 끝내 국권 자체를 일본에 빼앗겼던 부끄러운 역사를 밟으며 인사동 뒤안길에서 사람들은 날마다 차를 마시고 술을 마신다. 거리 모양도 조금은 달라져 영빈관

종로 경찰서 옆 인사동 초입 쌈지 공원에는 두 개의 돌 장승이 서 있다.

이 불탄 자리에 '쌈지길' 건물이 들어섰다. 세계화 바람의 영향인지 쌈지길 3층 건물의 복도가 미국 워싱턴 시에 있는 스미소니언 자연사박물관의 복도처럼 계단 없는 경사면으로 되어 있어, 걸어서 오르고 내리며 산책을 하듯 가게들을 구경한다.

3층 복도를 다 올라가면 동북쪽으로 사연 많은 종로 경찰서 건물도 보인다. 종로 경찰서에 대한 이시영 시인의 시가 있다.

신경림·구중서·조태일 시인이 계엄법 위반으로 종로 경찰서에 잠시 구금되어 있을 때였다. 소식을 듣고 달려갔더니 세 사람이 나란히 면회실로 나오는데 표정들이 가관이었다. 조태일 시인은 허공에 연방 동그라미를 그리며 담배를 피우고 싶다고 했고 신 선생은 몇 올 안 되는 염소수염을 달고 서림이처럼 해해거렸고 구 선생은 약간 삐딱한 옆모습으로 서서 아이처럼 초밥이 먹고 싶다고 했다. 초밥 집을 찾아 인사동 관훈동 일대를 헤맸으나 그것도 막상 찾으려고 보면 없는 법. ……이틀을 더 머물다 그들은 서울 구치소로 넘어갔는데 수갑이 모자라 세 사람을 한데 묶는 바람에 가운데에 낀 신 선생이 그들의 큰 걸음을 따라잡느라 오리처럼 심하게 뒤뚱거렸다고 한다.

─이시영, 〈1980년 여름 종로 경찰서〉에서

세 사람 중에서 조태일 시인은 벌써 작고했다. 이시영의 증언에

서 사실과 다른 부분도 좀 있지만 당시 문인들의 수난을 도맡아 뒷
바라지하느라고 고생을 많이 한 사람에게 무어라 말할 것도 없다.
실로 인사동 바닥만 보더라도 이 민족이 어떻게 고생을 했고 어떻
게 겨우 역사를 진전시켜왔던가. 그런데 오늘 이 땅에 가까스로 정
착시킨 민주주의가 역사의 역류를 맞아 후퇴할 것도 같은 안타까운
현실이 있다. 그래도 역사는 사필귀정으로 발전하는 방향으로 갈
것이다.

여 섯 번 째 여 행
님만 님이 아니라

땅 위의 이쪽 끝과 저쪽 끝이라는 먼 거리를 두고 살아도, 사람들이 사는 데에 비슷한 일이 생기는 것은 신기한 일이다. 아시아와 유럽 두 대륙을 지도에서 보면 한국이 동쪽의 끝에 있고 덴마크와 영국이 서쪽의 끝에 있다.

지구의 동쪽과 서쪽에서 비슷한 일이 일어났다는 이야기는 오래 전 옛날로부터 시작된다. 아시아의 동쪽에 있는 신라 사회에 한 문학작품이 나타났는데 많은 사람이 잘 아는 향가 〈처용가〉다. 「삼국사기」의 기록에 의하면 879년(헌강왕 5년)에 왕이 신하들과 더불어 오늘의 울산에 해당하는 바닷가에 나갔다가 바다 용왕의 아들 처용을 만나 서울인 경주에 데리고 왔다고 한다. 그 처용이 지어 부른 노래가 〈처용가〉이니 9세기 말경의 작품이다. 향가는 한국 문학사의 서두를 차지하는 작품 형식이다.

멀리 유럽의 서쪽에 있는 영국의 문학사 서두를 차지하는 작품은 서사시 〈베어울프〉다. 작자가 분명히 알려져 있지 않은 이 작품은 8세기 말에 쓰인 것으로서, 지금 남아 있는 것은 10세기 초에 어떤 이가 손으로 베껴 쓴 필사본이다. 작품에 사용된 언어는 영국의 고대 지방어인 서색슨어이고 소재는 덴마크의 흐로트가르 왕가의 연회장이다. 고대에는 덴마크가 영국 땅을 지배한 적도 있으므로 서로 섞이는 역사의 땅이다.

〈처용가〉와 〈베어울프〉는 작품 내용이 매우 비슷하다.

신라의 헌강왕이 울산 바닷가에 나가 신하들과 함께 놀이판을 벌였다[大王 遊開雲浦]. 음식상이 차려지고 술잔이 오갔다. 그런데 갑자기 안개가 짙게 끼어 사람들이 서로 옆을 분간하기가 어렵게 되었다. 동행한 기상 관계 관원이 말했다.

"바다의 용이 심술을 부리는 것 같습니다. 어떤 좋은 일을 한 가지 베풀어 용을 달래는 것이 좋겠습니다."

왕이 듣고 지체 없이 말했다.

"근처에 용을 위한 절을 하나 짓도록 하라."

이 말이 떨어지자 곧 안개와 구름이 말끔히 개고, 동해 용이 일곱 아들을 데리고 나타나 왕의 덕을 찬양하고 음악을 연주하며 춤을 추었다.

학성(鶴城) 서남쪽에 있는 그 바닷가를 이때부터 개운포(開雲浦)라 부르게 되었다. 용을 위한 절은 영취산 동쪽 기슭에 지어 망해사(望海寺)라 했다.

〈베어울프〉에서는 덴마크의 흐로트가르 왕이 연회장을 새로 짓고 신하들로 하여금 즐거운 연회를 열게 했다. 자연히 술 마시고 떠들며 노래하는 소리가 널리 들판 밖에까지 들리게 되었다. 들판 밖에는 큰 호수에 사는 그렌델이라고 하는 괴물이 있었다. 이 괴물의 몸은 반은 사람이고 반은 짐승이었다.

신라의 바다에 사는 용이나 덴마크의 호수에 사는 괴물이나 그 실체는 전설에 묻혀 있을 뿐이다. 누가 그 용을 정말로 보았는가. 누가 그 괴물을 정말로 보았는가. 그런데 문제는 그 비인간적 실체의 성격이며, 그 대상과 인간 세계와의 관계가 어떠하냐는 것이다. 이 점에 있어서는 신라와 영국의 경우가 정반대다.

신라에서는 궁정의 사람들과 용 사이에 대립이 있었지만 곧 화해하고 서로 은혜 베풀기를 계속한다. 헌강왕은 용의 아들 처용을 서울로 데리고 와서 급간(級干)이라는 벼슬을 주고 아름다운 여성에게 장가들게 하여 잘 살도록 보살펴 주었다.

그런데 고대의 덴마크에서는 물속의 괴물이 흐로트가르 궁정의 연회가 소란스럽다고 격렬하게 분노를 터뜨렸다. 괴물은 들판을 건너와 연회장 안으로 침입해 여러 사람을 죽이고 죽은 사람을 다시 끌고 돌아가 그 시신을 먹어버리기까지 했다. 처음부터 궁정의 사람들과 괴물의 사이가 격심한 혐오와 포악한 살육의 관계로 전개된 것이다.

덴마크 근처에 있는 히엘락이란 다른 왕국으로부터 베어울프라는 힘이 센 사람이 배를 타고 건너온다. 그는 흐로트가르 왕의 신하들이 당한 참화를 복수해주기로 하고 괴물 그렌델과 싸운다. 그리하여 결국 괴물과 괴물의 어미까지 추격해 죽인다. 베어울프는 히

엘락 왕국에 돌아가 왕이 되는데, 그 지역에서도 동굴 속의 괴물인 화룡(火龍)을 만나 싸우다가 양쪽이 다 죽는다. 이 고대 영국의 문학 작품은 복수와 살육의 이야기로 채워져 있다. 이것이 영문학사의 첫 페이지다.

신라의 향가는 한국 문학사의 첫 페이지인데 작품들의 대부분이 화해와 평화의 내용을 담고 있다. 〈처용가〉, 〈우적가〉, 〈도솔가〉를 비롯한 모든 작품에 미움과 싸움의 내용 대신 화해와 사랑의 내용이 있다. 〈찬기파랑가〉에는 높고 먼 이상(理想)의 눈길이 담겨 있다.

〈베어울프〉가 지역 토착어인 서색슨어로 씌었고, 향가는 신라 토착어로 씌었다. 당시 신라에는 아직 한글 같은 나라글자가 없어 한자를 빌려 시와 노래를 지었다. 중국의 한자를 차용해 신라 말의 음과 뜻을 적은 것이지만 향가가 몇 안 되는 문인들만의 것이었던 것은 아니다.

7세기의 고승 원효가 불교의 진리를 담아 〈무애가〉를 짓고 돌아다니면서 바가지를 두드리며 노래하니, 모든 마을의 사람들이 따라서 함께 노래 부르고 춤을 추었다[千村萬落 且歌且舞]. 그 노래는 신라 말로 된 향가였다. '원효'라는 이름 자체가 나라말을 표기한 것으로서 '새벽'을 뜻하는 것이었다[元曉 鄕言 稱之始旦也].

760년(경덕왕 19년)에 월명 스님이 임금의 부탁을 받아 하늘에 기도하는 제문으로 〈도솔가〉를 지을 때 향가로 짓겠다 하여 허락을 받았다. 당시 신라 사람들은 으레 향가를 좋아했다[羅人 尙鄕歌].

이렇게 신라 사람들은 일찍이 불교를 받아들여 진리에 의한 평화 사상의 정신을 가지고 있었으며, 그러한 마음을 신라 토착어로 적어 시를 짓고 노래로 불렀다.

신라 사람들이 노래를 좋아한 것은 헌강왕 시대 처용 이야기에도 잘 나타나 있다. 「삼국유사」에서 보면 임금이 신하들과 울산으로 들놀이를 갈 때 "서울로부터 바다에 이르기까지 집들이 겹쳐 있고 담이 이어져 있지만 초가가 하나도 없고, 피리 소리와 노랫소리가 끊임없이 거리에 흘러나왔다[……無一草家 笙歌不絕道路]"고 한다.

서울 경주에서 동해에 이르기까지 어떻게 기와집으로만 이어져 있었을지 모르지만, 오늘의 경주 민속촌인 양동마을을 지나면서 그와 비슷한 분위기를 느낄 수 있다.

노래와 춤을 가장 좋아한 이는 '처용'인 것 같다. 그는 아버지인 용왕과 함께 울산 바닷가에 나타났을 때부터 음악을 연주하며 춤을 추었다. 「세종실록지리지」의 경상도 울산 항목에는 '처용암'이 바닷가에 있는 것으로 기재되어 있다. 과연 지금도 울산의 바닷가에 그 바위가 있다. 이것은 울산 사람들이 처용 설화의 근거지를 가시적으로 강조하기 위해 제시한 바위일 것이다. 「삼국사기」와 「삼국유사」에는 바위까지 제시되어 있지는 않다. 그러나 용왕과 그의 아들들이 "노래하며 춤을 추었다"라는 것은 세 가지 역사서가 다 같이 제시하고 있다.

심지어 역신이 사람으로 변신해 처용 아내의 침소에 잠입한 장면을 보고도 처용이 노래하고 춤을 추며 집 밖으로 다시 나가는 장면이 「삼국유사」에 실려 있다.

> 서울 밝은 달 아래 밤 깊이 노닐다가
> 들어와 자리 보니 가랑이 넷이어라
> 둘은 내 것인데 둘은 뉘 것인가
> 본디 내 것이었다만 앗겼으니 어쩌랴

한국 사람 모두가 잘 아는 향가 〈처용가〉다. 밤에 집에 들어온 처용이 이렇게 노래를 부르면서 다시 집 밖으로 나가며 춤까지 춘다. 처용의 이와 같은 거동을 보고 역신이 가책을 느껴 쫓아 나가 처용 앞에 무릎을 꿇으며 용서를 빈다. 그리고 "앞으로 그대의 형상을 그린 그림만 붙어 있어도 그 집에는 들어가지 않겠습니다" 한다. 이 전설에 연유해 민간에서 나쁜 귀신을 막는 의식으로 '제웅'을 만들어 사립문 밖에 놓는 풍속이 생겼다. 제웅은 짚을 묶어서 사람의 형체처럼 만든 것으로 곧 처용을 상징한다.

그리고 신라의 향가 〈처용가〉는 고려속요로 이어지고 조선조의 국악 악보집인 「악장가사」와 「악학궤범」에도 실린다. 처용 설화가 한국 문화의 전통 안에 얼마나 꾸준히 이어져 왔는지를 알 수 있다.

근래에 한국 역사와 민속을 연구하는 학자 중에는 신라 시대 울산에 나타난 처용의 이상한 생김새와 옷차림으로 미루어 그가 아랍 지역에서 온 상인의 아들이 아니었을까 하고 추측하는 이들이 있다. 울산의 지리적 위치는 신라의 해외 무역 통로처럼 되어 있었다. 그러므로 이른바 '용왕'은 무역으로 축재해 위세를 누리던 큰 부자였고 해상 무역의 세계적 거점이었던 아랍 지역의 이색적인 옷차림을 하고 있었을지도 모른다는 것이다. 그러나 처용 설화를 실은 세 가지 역사서에 아랍[大食國]과 관련된 어휘는 전혀 없으며, 「삼국사기」에서는 용왕과 처용을 가리켜 "바다와 산천의 정령(精靈)"이라고 했으니, 처용은 평범하지 않은 어떤 신선처럼 보였다든가 독특한 위세를 느끼게 했을 것이다.

오히려 용왕과 처용 부자는 당시 신라에 무르익어 있던 불교문화와 어울렸다는 점에서 마땅히 신라 문화 안에서 이해되어야 할 것이다. 용왕은 심술로 바닷가에 안개와 구름을 일게 했다가 헌강왕이 절을 지으라고 하자 그것을 걷어버렸다. 그리고 용왕은 임금의 덕성을 찬양했다. 처용이 자기의 아내가 겁탈을 당했을 때 너그러울 수 있었던 사고방식의 근거는 무엇이었을까?

원래 일찍이 7세기경에 고승 원효가 막힌 데 없는 무애(無碍) 사상을 전파한 데서 짐작되는 신라 사람들의 넉넉한 마음씨도 있었을 것이다. 신라의 석학 최치원은 당나라에서 유학하고 귀국해 처용 당대인 헌강왕 때에 한림학사가 되었다. 그는 유교 사상에 통달한 이였지만 불교에도 조예가 깊었고 역시 당나라에 다녀온 도의(道義) 선사의 남종선(南宗禪) 사상을 높이 평가했다.

고운 최치원은 운을 잘 타고 난 편은 아니었다. 그가 귀국한 885 년에 그를 환대한 헌강왕이 바로 그해에 세상을 떠났고 다음 대를 물려받은 정강왕도 1년 만에 세상을 떠나니 진성여왕의 시대가 되었다. 그러나 이때에는 왕가의 진골 세력이 국정을 지배해 참신한 이상을 지닌 학자 최치원을 괄시했다. 그는 실의의 방랑길에 오른다. 이렇게 된 시대 현실에서 최치원은 왕실의 수구 세력과 어울려 있는 불교의 교종(敎宗) 계열보다 세력은 약해도 활달한 실천 사상을 지닌 선종(禪宗) 계열에 애착을 느꼈다.

세상에 오래 살아남는 것은 무딘 돌덩이다. 종이에 글을 써서 남긴 책은 썩고 불타고 사라지지만 돌에 새긴 비문은 오래 남는다. 18 세로 당나라에서 과거에 급제한 천재 최치원이 귀국해 남긴 업적은 주로 돌에 새긴 비문이다.

경상도 문경 봉암사에 세운 지증 대사 비문에 도의 선사로부터 시작된 신라 선불교의 생동하는 사상의 맥락이 잘 설명되어 있다. 이른바 구산선문의 가지산문에 대한 이야기다.

진리는 가만히 있어도 유익하게 되니, 다투지 않고도 이기게 된다[無
爲之益 不爭而勝].

이것이 비문에 담긴 신라 남종선의 잠재적 여력이다.

처용이 역신과 다투지 않고 "앗겼으니 어쩌랴" 하고 노래를 부르
며 물러남으로써 오히려 귀신으로 하여금 무릎을 꿇게 한 이치가
바로 이 '다투지 않고 이기는 법'이었다. 처용의 바보 같은 노래와
춤에 대해 이렇게 거창한 이유를 꼭 끌어대야 하는 것은 아닌 것 같
기도 하다. 그러나 당시 신라 사회에는 이만한 지혜와 문화의 기운
이 조성되어 있었던 것이 사실이다.

그러니 이렇게 불교적인 신라의 처용을 왜 굳이 아랍에다 팔아먹
을 생각을 하느냐는 것이다. 같은 8세기에 신라 사람으로서 혜초 스
님이 실제로 아랍에 가본 일이 있다. 혜초는 723년부터 4년간 인도
와 중동 지역을 여행하고 「왕오천축국전」이란 책을 썼다. 이 책에 대
식국(아랍)에 관한 기행문이 있는데, 그 속에는 그 나라 사람들은 "불
교의 진리에 대해서는 모른다[不識佛法]"라고 한 문맥이 있다.

지금 공업 도시로 번창해진 울산시 남구 황송동 바닷가에는 조그
만 처용 공원이 조성되어 있다. 그 옛날 신라 때에 처용과 용왕이
함께 올라온 곳이라는 표지판도 서 있다. 공원으로부터 50미터쯤
떨어진 바다 위에 처용이 올라왔다는 바위도 있다. 오늘은 혹시 용

왕이 다시 나타나지 않을는지, 호기심을 가지고 기다려보기도 한
다. 그러나 이미 용왕도 처용도 순전한 신라의 성원으로 우리 문화
사의 전통 안에 이어져 오늘의 우리 안에 살고 있다.

마침 저 서쪽 끝에 있는 덴마크와 영국은 베어울프의 시대나 지
금이나 각각 원한 관계를 지닌 상대방과 싸움을 하고 있다. 지난해
에는 이교도인 아랍 쪽 사람들이 영국의 런던 거리에 폭발물을 터
뜨렸다. 올해에는 덴마크의 한 만화가가 무하마드의 머리에 폭탄이
얹혀 있는 그림을 그린 데서 모욕을 느낀 아랍권의 모든 나라에서
덴마크 대사관을 습격하고 덴마크 국기를 불태우고 있다. 한국은
지금 아랍권의 이집트에서 이른바 '한류'의 문화적 매력을 드높이
고 있다.

처용과 베어울프의 성격은 역사 속에서 이렇게 오래 지속되고 있
는 것인가.

불멸의 문화

한국 그리스도교 안에서 가톨릭과 개신교의 원로인 김수환 추기
경과 강원용 목사가 1976년 1월에 대담의 자리를 가진 일이 있다.
그 내용이 크리스천 아카데미에서 발행한 잡지 「대화」의 1월호에

실려 있다.

김 : 저는 언젠가 경주 석굴암에 가서 넋을 잃고 불상을 바라본 적이 있습니다. 한 시간 이상을 그렇게 서 있었습니다. 뭔가에 깊이 빠져 들어가는 것 같았어요. 그러나 세계적인 미술품인 성상을 로마 바티칸에서 보았을 때는 5분 이상 한 작품을 보지 않았습니다. 결국 저는 제 안에 불교적인 피가 흐르고 있다는 것을 느꼈어요. 그리고 우린 절대 그런 요소를 거부할 수 없는 겁니다.

그러므로 그런 종교들과 대화를 나눔으로써 그 고유의 가치, 불멸의 가치를 우리 자신의 것과 마찬가지로 소중히 여겨야겠다, 교리 전달에 있어서도 배척할 것이 아니라 받아들여서 연구하고 발전시켜야 되겠다는 생각이 앞섭니다. 이건 종교의 혼합주의 문제가 아니라 자기 것을 버릴 수 없는 어떤 생래적인 것이지요.

저희도 바티칸공의회에서 교령(敎令)도 나왔고, 다른 종교와의 대화를 강조하고 있지요. 다른 종교 안에 있는 모든 아름다운 것, 올바른 것, 선한 것을 윤리, 문화적인 차원에서 오히려 증진시키고 받아들일 것은 받아들이자, 그런 입장입니다. 그런 면에서 복음을 해석할 때 서구적인 철학, 희랍적인 철학을 바탕으로 한 신학을 맹목적으로 받아들일 것이 아니라 오히려 우리는 동양적인 철학, 동양적인 종교의 관념을 바탕으로 해서 우리의 신학을 만들어야 하지 않겠는가 하는 이야기도 나오고 있습니다.

강 : 그 점에 대해서 한국에서는 다른 종교에서보다 우리 기독교 안에 문제가 많다고 생각합니다. 한국에서 처음으로 1966년, 우리 아카데미에서 한국 6대 종교의 지도자들이 모여서 대화 모임을 가져봤는데, 부드럽게 대화가 됐거든요. 헤어지기 전에 종교인 협의회를 만들자고 해서, 그 사실이 신문에 보도되었습니다. 그러자 기독교 측에서 반발이 굉장하게 일어났습니다.

그때 제가 당한 것은 말할 수 없을 정도였습니다. 기독교 측의 주장인즉, 다른 종교 사람들을 개종시키는 목적으로 한다면 이해가 되지만, 그렇지 않다면 이해 못 하겠다는 겁니다. 그러니까 기독교 측에선 가담할 수 없다는 거지요. 그 뒤 불교 대표가 한 분 찾아와서 "좌우간 기독교에서 회장이고 뭐고 다 하십시오. 우리 불교가 기독교에 흡수되어 없어져도 종교가 인류를 위해서 공헌할 수만 있다면 불교 자체는 없어져도 좋소" 하고 저에게 말했어요. 그 순간 십자가 정신은 오히려 그 사람들에게 더 있는 것 같다는 느낌을 받았습니다. (웃음)

김 : 성령이 일하시고 계시는 것을 우리가 교회라는 테두리 안에만 제한시킬 수는 없는 것입니다. 예수님이 이웃 사람을 이야기하면서 하필 이방인인 사마리아 사람을 예로 든 것은, 예수님은 유대인이 아닌 사마리아 사람을 가장 참된 인간으로 칭찬한 것이 아니었느냐 하는 생각을 합니다.

그때의 사마리아 지방은 지금의 팔레스타인 지역에 해당한다. 구약시대 이래 하느님의 백성으로 자처하며 이방인들을 경원시하던 이스라엘 사람들 안에서, 예수가 "착한 사마리아인이 위선적인 바리새파 사람들보다 훌륭하다"라고 한 말은 혁명적인 발언이었다.

앞에서 대담을 한 김수환 추기경과 강원용 목사, 그리고 이들을 찾아간 불교계 대표로서 "인류를 위한 일에 필요하다면 불교를 없애버려도 괜찮다"라고 한 스님, 이들은 모두 하나의 진리 앞에 마음을 연 이들이다.

이렇게 열린 마음뿐 아니라 생래의 체질마저 빨려 들어가는 어떤 힘에 의해 가톨릭의 김수환 추기경은 경주 토함산 석굴암의 불상 앞을 떠나지 못하고 오래 서 있었던 것이다. 넋을 잃고 바라보게 하며 발길을 돌릴 수 없게 붙잡은 석굴암 불상의 위력의 정체는 무엇일까.

종교인이 아닌 어떤 외국인 학자도 이 석굴암을 보고 그야말로 넋을 잃고 찬탄을 금치 못했다. 그는 일본인 학자로서 「조선과 그 예술」의 저자인 야나기 무네요시(柳宗悅)다. 그는 일본이 1910년대에 조선을 식민지로 유린하기 시작하는 조치들에 대해 저항감을 가지고 원래의 조선 문화에 대한 애착과 존경을 담아 글을 썼다.

지식인도 많은 경우에 민족적 이기주의에 휩쓸리는 반면에 야나기의 안목은 비교적 순수하게 문화의 질과 수준에 근거해 있었다.

그는 한국의 문화유산을 높이 평가하고 흠모하기까지 했다. 그러므로 야나기의 글은 세계적 문화 공간에서 객관성을 띠고 한국 문화에 대해 증언한 내용으로서 되새겨질 필요가 있다. 특히 그의 글 〈석불사의 조각에 대하여〉(1919)는 한국 문화사의 긴 기간에 걸친 주요한 평가로 새삼 인용할 만하다.

이 글은 바로 8세기 중엽 신라 경덕왕 때에 조성된 경주 토함산의 석굴암에 대한 찬사다. 석굴암의 학술적인 측량과 분석도 곁들이고 있지만 여기에서는 그의 문화적 감수성에 의거한 내용만을 보기로 한다.

1916년 9월 1일 오전 여섯 시 반, 화창한 햇살이 바다를 건너 굴원(窟院) 안의 부처님 얼굴에 닿았을 때 나는 그 곁에 섰다. 그것은 지금도 잊기 힘든 행복한 순간의 추억이다. 부처님과 그를 둘러싼 여러 불상이 그 놀라운 새벽빛에 의해 선명한 그림자와 흐르는 듯한 선을 나타낸 것도 그 찰나였다. 굴원 안쪽 깊숙한 곳에 서 있는 관음 조상(彫像)이 세상에서 보기 드문 아름다운 미소를 지은 것도 그 순간이었다. 오직 이 새벽 햇살로만 볼 수 있는 그의 옆얼굴은 실로 지금도 나의 호흡을 멈추게 한다.

내가 이야기하고 있는 이 굴원은 계림의 남단, 오른쪽으로 멀리 울산을, 왼쪽으로는 가까이 영일만을, 앞쪽으로는 흰 돛단배가 떠 있는 바다, 해 돋는 데를 대하고 있다. 신라의 옛 수도 경주에서 45리 떨어져 있다. 굴원은 해발 745미터의 토함산 동쪽에 건립되어 있다. 이 지극히 보배로운 굴원은 지금으로부터 1168년 전의 작품이다. 지금은 사람들에게 석굴암으로 불리지만 옛 기록에 의하면 분명히 석불사(石佛寺)라 불렸던 굴원이다.

나는 짧은 여행 동안 세 차례 그곳으로 순례의 발길을 돌렸다. 그때를 돌이켜보는 것은 언제나 나에게는 행복한 회고다. 이 글은 그 은혜에 대한 빈약한 감사 표시다. 지금 내가 이야기하려고 하는 이 영원한 걸작은 동양의 문화가 한창 고조되었을 때 그 영기(靈氣) 속에서 산 신라 사람에 의해 창건된 것이다.

이제 나머지 하나 이 굴원의 중앙을 차지하는 부처의 좌상에 대해 이야기해야 할 차례다. 그러나 어느 누가 이 조각에 나타난 그의 뜻을 이야기할 수 있을 것인가. 이야기할 수 없다는 점에 바로 이 조상의 아름다움이 있다. 그것은 모든 것을 말하는 침묵의 순간이다. 일체를 품은 무(無)의 경지다. 나는 많은 부처의 좌상을 보았다. 그러나 이것이야말로 신비로 요동치는 영원의 하나일 것이다. 이러한 작품에서는 종교도 예술도 하나다. 사람은 아름다움에서 참을 맛보고, 참에서 아름다움을 즐긴다. 우리 일본에서는 이와 견줄 만한 대불(大佛)을 보지 못했다.

석불사는 역사가보다도 고고학자보다도 인류의 영(靈)을 지키는 신앙

불국사 경내에 있는 특출한 문화유산 다보탑

인들이 찾아주기를 기다리고 있다. 그곳에는 진실로 불멸의 힘이 있다. 불후의 아름다움이 있다. 이 석불사로써 조선은 영원한 영예를 드러내고, 나아가 밑바닥을 알 수 없는 인간의 깊이를 드러내고 있는 것이다.

－심우성 옮김, 「조선을 생각한다」, 학고재, 발췌

석굴암은 불국사와 함께 김대성에 의해 조성되었다. 그런데 야나기가 특별히 석굴암에 대해 찬탄을 집중하고 있는 이유는 무엇인가? 불국사와 그 경내에 있는 다보탑도 원래 특출한 문화유산이다. 그러나 불국사는 몇 차례 개축을 했고, 임진왜란 때에 왜구가 불국사에 불을 질러 대웅전·극락전·자하문을 비롯해 목조 사찰의 2천여 칸을 소실했다. 그 뒤 재건을 했으나 신라 당대의 작품이 아니다. 이 참화에 대해서도 야나기는 일본의 죄상을 비판했다. 중후한 석재로 조성되고 후미진 산속에 숨어, 올해로 치면 255년 동안 스스로 실체를 보존해온 석굴암만이 가장 위대하다.

이 경주 석굴암은 〈처용가〉보다 한 세기를 앞서서 조성되었다. 이러한 문화의 나라였으므로 〈처용가〉와 같은 향가 문학도 탄생한 것이다. 그러면 석굴암 자체는 또 어떠한 문화적 토대에서 조성이 가능했던가. 그것은 신라라는 나라 안에 이미 무르익어 있던 불교 문화에 의해 가능했을 것이다.

신비로 요동치는 영원한 걸작 경주 석굴암 본존불

    김대성은 부모에 대한 효성과 살상 없는 사회를 축원하며 불국사와 석불사를 짓고 표훈과 신림 두 스님을 초빙하여 주지 역할을 맡겼다. 표훈은 의상 대사의 열 명 제자 중 한 사람이었다. 의상 대사는 일찍이 당나라에 유학하고 670년에 귀국해 부석사·화엄사·해인사를 비롯한 여러 사찰을 창건하거나 그곳에 머물러 설법을 하며 30년 동안 활동했다.

    중국의 현장 법사가 직접 인도에 가서 17년 동안 수행을 쌓고 645년에 당나라에 돌아와 수많은 책을 펴냈다. 그의 저서 중에 「대당서역기」가 있는데 인도에서 석가모니가 수행을 쌓고 성도(成道)를 한 과정의 답사기다. 인도 중부 마가다 지역의 마하보리사라는 절에 석가모니의 성도상(成道像)이 있는데 그 불상의 규모에 대한 기록이 「대당서역기」 안에 들어 있다.

석가 성도상의 높이가 11.5자, 두 무릎 사이가 8.8자다. 그런데 경주 석굴암의 본존불 크기가 위 석가모니 성도상과 정확히 일치하고 있다. 이것은 경주 석굴암 본존불의 크기 모델이 인도 마하보리사의 석가모니 성도상이라는 사실의 증거가 된다. 불상 크기의 이 일치는 국내 연구자인 김무방에 의해 1986년에 밝혀졌다.

의상이 귀국할 때 「대당서역기」를 구해서 가져왔고, 그의 제자 표훈이 석굴암 본존불 제작·과정에서 김대성에게 자문 역할을 해 석가 성도상의 모델을 제시했다고 확증할 수는 없지만, 그 가능성 자체는 분명해 보인다. 그것이 그 시대의 불교 서적 유통의 여건이었다. 이와 같은 사실의 구체성 문제는 신라의 불교문화가 보편 세계의 근거와 관계없는 자의적인 것이 아니었다는 뜻이 된다. 신라 불교의 사상 차원은 남종선의 보급을 통해 질적인 발전을 이루었다.

석굴암의 원형 보존을 위해 일제 총독부가 1914년부터 시작해 여러 차례 습기 제거 공사를 했으나 모두 실패하고 오히려 문제를 악화시켰다. 습기와 이끼 발생의 원인은 국내학자 이태녕이 1973년에 규명했다. 해결의 열쇠는 석굴암 조성 당시의 구조를 되살리는 것

뿐이었다.

일제가 석굴암 주변에 시멘트 외벽을 설치하고, 전면 지하의 물을 아연 관으로 빼내고, 내부 공간에 보일러를 설치한 일체의 과학적 처방이라는 것은 모두 문제 해결에 역행하는 잘못이었다. 자연에 친화하는 원래의 구조에 돌아가는 방법으로 문제를 해결한 것은 모두 한국인 학자들에 의한 조처였다.

민족의 문화유산이 현대에 이르러서 민족 성원에 의해 보존될 수 있었다는 것은 당연한 소명이기도 하지만 하나의 운명이기도 한 것 같다.

경주 석굴암에 관해 한 가지 중요한 인식이 국내 학계에 의해 터득되었다. 그것은 석굴암의 중심인 본존불의 시선이 어디를 향하고 있느냐는 문제에 대한 것이다. 한때는 그 방향이 호국 정신의 상징인 대왕암이라는 설도 있었다. 그러나 그런 정도로 작은 뜻은 석굴암 불상에 걸맞지 못하다는 의견이 나왔다. 더 크고 더 우주적이고 더 근본적인 방향을 보아야 한다는 것이다. 석굴암 본존불의 시각은 동남방 30도 각도로 되어 있다. 대왕암은 28.5도로 맞지 않는다. 그러면 그 시선이 멎는 바다 위 귀착점은 어디인가? 그곳은 동짓날 다음 새벽에 태양이 솟아오르는 곳이다. 동지는 밤의 길이가 1년 중 가장 긴 날이면서 동시에 다시 낮의 길이가 길어지는 전환점이다. 말하자면 진정한 의미의 새해 첫날인 셈이다. 재출발, 영원한 출발의 시점이다.

　이렇게 하여 〈처용가〉가 평화의 사상이라면 경주 석굴암 불상의 시선은 영원의 사상이다. 근본적으로 사람들이 사는 의미는 이만한 데에 두는 것이 좋지 않겠는가. 평화와 영원, 이만한 것에.

설악산은 알고 있다

　처용암은 울산 황송동 해변의 물속에 누워 있는데, 그 울산에 또 다른 우람한 바위가 있었나 보다. 강원도 설악산에 '울산 바위'라는 것이 있다. 신흥사 뒤편 산 위에 솟아 있는 꽤 장중한 바위 봉우리다. 울산 바위가 울산에 있어야지 왜 설악산에 와 있을까.

　설악산 울산 바위에 얽힌 두 가지 전설이 있다. 하나는 이상국의 시 〈울산 바위〉와 같은 것이다.

그전에

아주 그전에

울산 바위가 뱃길로 금강산 가다가

느닷없이 바다가 산이 되는 바람에

설악산 중턱에 걸터앉게 되었는데요

울산 바위

지금도 바람이 몸을 두드릴 때마다

파도 소리가 나는 건 다 그 때문이지요

사람들아 모여라

꽃단풍 물단풍 곱게 들고

동해 미치도록 푸른 날

울산 바위 내려 타고

가다 만 금강산 가자

위 이상국의 시와 다른 내용은 어떠한가. 금강산이 일만 이천 봉을 모으고 있었는데, 울산에서 떠난 바위는 도중에 설악산에 이르러 "아, 여기가 더 좋다"라며 그냥 설악산에 눌러앉고 말았다는 것이다. 이 두 가지 전설 중에서는 두 번째 것이 더 그럴 듯해 보인다.

설악산은 신흥사 입구에서 권금성으로 올라가 내설악 쪽을 내려다보는 것도 괜찮지만, 신흥사에서 백담사까지 또는 백담사에서 신흥사까지 종주하다가 마등령 능선에서 건너다 보이는 공룡 능선의 우람한 기상을 바라보는 것도 장관이다. 설악산의 이러한 기상은 금강산의 만물상이 섬세하고 여성적인 데 비해 남성적인 매력을 지니고 있다. 설악산은 뼈대가 굵고 선명하며 그런 만큼으로 계곡에

금강산

여운이 그득히 담겨 있는 듯하다.

이 여운 있는 계곡이 좋아서였을까, 신라 시대에 점진적 수행을 지향하던 교종(敎宗)에 비해 직관의 견성(見性)으로 깨우치고자 하는 선종(禪宗)의 승려들이 처음에 이 설악산에 찾아들었다.

설악산 진전사의 도의(道義)가 역시 설악산에 있는 억성사의 염거(廉居)에게 법을 전했는데, 이 염거에게서 가르침을 받은 보조(普照)는 설악산 억성사를 떠나 전라도 장흥의 가지산에 보림사를 짓고 옮겨 앉았다. 그리하여 뒷날에 이 산문을 가지산문(迦智山門)이라고 부르게 된다. 그러나 가지산문의 뿌리가 설악산에 있는 것은 분명하다.

무엇보다도 가지산문의 정체성은 신라 최초의 남종선(南宗禪)에

설악산 마등령에 오른 필자

있다. 장흥 보림사에 있는 보조 선사 비문에 가지산문의 성격이 밝혀져 있다.

달마가 중국 선문의 1조(祖)이고 우리나라에서는 도의 선사가 1조, 염거 화상이 2조, 우리 스님 보조 선사가 3조다.

더 나아가 신라 불교 안에서 가지산문의 위치가 어떠한지에 대해서는 고운 최치원이 쓴 문경 봉암사 지증 대사 비문에도 나타나 있다. 도의 스님이 서쪽으로 바다를 건너 중국에 가서 서당(西堂)의 지장(智藏) 선사로부터 깊은 뜻을 받았는데 지혜의 빛을 지장만큼 이루자 귀국해 이심전심의 선법(禪法)을 처음으로 말했다. 그러나 조급한 원숭이가 방향을 혼동함을 스스로 감추고, 멀리 남해의 하늘을 나는 대붕의 뜻을 감히 메추리로서 탓하는 꼴인 사람들이 있었다. 그들은 다만 경문을 외우기나 하는 데 머물면서도 오히려 도의 스님의 말에 마가 끼었다고 험담했다. 이에 도의는 신라 사회에 대한 집착을 버리고 북쪽의 산(설악)에 은둔하게 된 것이다.

도의의 진전사, 염거의 억성사 등이 그 설악의 은둔 도량이었다. 그러나 이 은둔은 도피가 아니며, 진리가 가만히 있어도 다투지 않고 이기는 법이었다. 무엇에 대해 이기는가. 서라벌의 진골 세도층과 그들에게 빌붙어 살던 교종(敎宗)의 승려들이었다. 당시에 고운 최치원은 진골들에게 괄시를 당하고 있었으므로 교종의 승려들을 그들과 한통속이라 여겨 원숭이와 메추리에 비유하며 신랄하게 비판했다. 반면에 고운은 설악산에 은둔하는 남종선 계열의 승려들을 옹호했다.

도의 선사를 신라 남종선의 개척자라 한다면 과연 이 계열의 승려들이 생각하는 것은 무엇이었을까? 도의 스님은 784년(선덕여왕 5년)에 당나라에 갔을 때 중국의 남쪽 지역 조계(曹溪)에 가서 선가의 최고봉이었던 혜능 선사가 세운 보림사에 들렀다. 그는 그 절의 조사당(祖師堂)에서 이미 세상을 떠난 혜능 선사의 역사적 발자취를 더듬으며 흠모의 예를 올렸다.

장흥 보림사

중국에서나 신라에서나 혜능에 대해 모르고서는 불도에 정진할 이유도 아직 모르는 상태라고, 당시에 깨어 있는 이들은 생각했다. 혜능은 시장에 장작을 가져다 파는 가난한 젊은이였는데, 어느 날 하북 지역 황매산(黃梅山)으로 선가(禪家)의 5조(祖) 홍인 대사를 찾아갔다.

여기서부터 전개되는 드라마의 세 토막만 생각하면 불도의 재미가 저절로 난다.

홍인 대사가 혜능을 만나서 한 첫마디 말이다.

"남쪽에서 온 오랑캐로구나."

혜능이 답변했다.

"세속에서는 남쪽과 북쪽, 고승과 오랑캐의 차이가 있겠으나 불성(佛性)에 있어서야 무슨 차별이 있겠습니까?"

이 한마디에 홍인 대사는 혜능이 견성(見性)을 할 큰 인재임을 알아보았다.

학승으로 맏이인 신수가 게송을 지어 복도 벽에 붙였다.

"몸은 보리수요, 마음은 명경대라……"

디딜방아를 찧고 있던 혜능이 지적했다.

"진리에 무슨 나무가 있고 거울에 무슨 대가 필요한가. 군더더기지……"

주변에서 알아들은 이들이 "생불이 나타났다"라고 수군거렸다.

한밤중에 5조로부터 가사와 바릿대를 징표로 받고 6조가 된 혜능이 남쪽으로 숨어 15년을 더 공부하고 광주 법성사에 나타났다. 인종 법사의 「열반경」 강의를 듣다가 쉬는 시간에 두 스님이 마당에 나와 당간지주의 깃발이 나부끼는 것을 보았다. 한 스님이 말했다.

"아, 지금 바람이 불고 있구먼."

다른 스님이 말했다.

"아니야, 지금 깃발이 나부끼고 있구먼."

두 스님은 서로 자기의 고집을 내세웠다. 다가간 혜능이 말했다.

"외람하지만 제가 한 말씀 드릴까요. 제가 보기에는 지금 바람이

부는 것도 깃발이 나부끼는 것도 아닙니다. 두 스님의 마음이 부질 없이 동요하고 있는 것입니다."

이 자리에서 혜능은 징표를 받고 남쪽으로 숨은 6조임을 드러내게 된다. 혜능은 근처 조계 땅에 보림사를 짓고 36년간 설법을 한 후 입 적했다. 혜능의 결론은 간단했다. '견성(見性)' 그뿐이었다.

5조 홍인 대사가 혜능을 6조로 정하면서 다음 대부터는 징표를 물려주지 말라고 했다. 다 형식에 지나지 않는다는 것이었다. 이리 하여 달마 선사 이래의 선통은 6조 혜능으로 끝난 것이나 마찬가지 였다. 마조도일(馬祖道一)을 혜능의 후계라고도 하고 9조라고도 하 지만 형식과 관례 면에서는 흐지부지되고 만 셈이다. 다만 혜능이 중국의 남녘에서 설법을 했으니 그 뒤의 인연들을 가리켜 남종선(南 宗禪)이라 부르게 되었다.

오직 평범한 일상 속에 진리가 있으니 사람의 마음이나 꿰뚫어 알 일이다[平常是道 直指人心]. 이 점에 있어서는 마냥 정진하는 것이다.

도의 스님이 마조도일의 제자인 지장 선사로부터 가르침을 받았 는데 결국 서로 지혜의 밝기가 비슷해지니 신라로 귀국했다. 그러 나 선문은 신라에서도 날로 번성해 덕을 흠모하는 이들이 설악에 운집하고, 또 터득한 이는 떠나가 자기대로 이심전심의 진리를 펴 니 장흥에 보림사를 세운 보조 스님이 도의와 염거의 제자가 되고 가지산문이 생겨난 것이다.

만해가 시집 「님의 침묵」을 집필한 백담사

그 뒤로는 날로 선종의 형세가 늘어났다. 「삼국유사」를 지은 고려조의 일연 스님도 20대에 선과(禪科)에 급제하고 50대에 대선사로 불렸다. 지금 한국의 조계종은 선종의 총칭이다. 한국 불교의 총본산으로 서울 수송동에 있는 사찰 이름도 조계사다. 모두 옛 조계 땅 혜능의 아들들이다. 석가가 인도에서 나고 달마가 인도에서 동쪽으로 왔다. 모두 동쪽으로 오는데 땅의 동쪽 끝은 어디인가. 처용의 고장 울산이다. 그리고 울산 바위는 설악이 좋아 날아가 앉았고, 한국의 남종선도 설악에 깃을 쳤다.

그러나 이제 설악은 은둔하는 구도자의 골짜기가 아니다. 모든 구도자가 전국으로 흩어져 고르게 자리를 잡았다. 도의 선사의 진전사는 설악의 남쪽 언덕에서 낙산사 앞 동해를 내려다보다가 문을 닫은 지 5백여 년의 세월이 지나 작년에 다시 새롭게 산문을 열었다. 복원된 진전사 밑에는 아담하고 튼실한 3층 석탑이 득도한 자세로 눈이 오나 비가 오나 의연히 서 있다.

설악산을 북으로 종주하면 그 끝 뿌리에 백담사가 있다. 만해 한용운이 이 절에서 시집 「님의 침묵」을 썼다.

님만 님이 아니라 기른 것은 다 님이다. 중생이 석가의 님이라면 철학은 칸트의 님이다. 장미화의 님이 봄비라면 마시니의 님은 이태리다. 님은 내가 사랑할 뿐 아니라 나를 사랑하나니라.

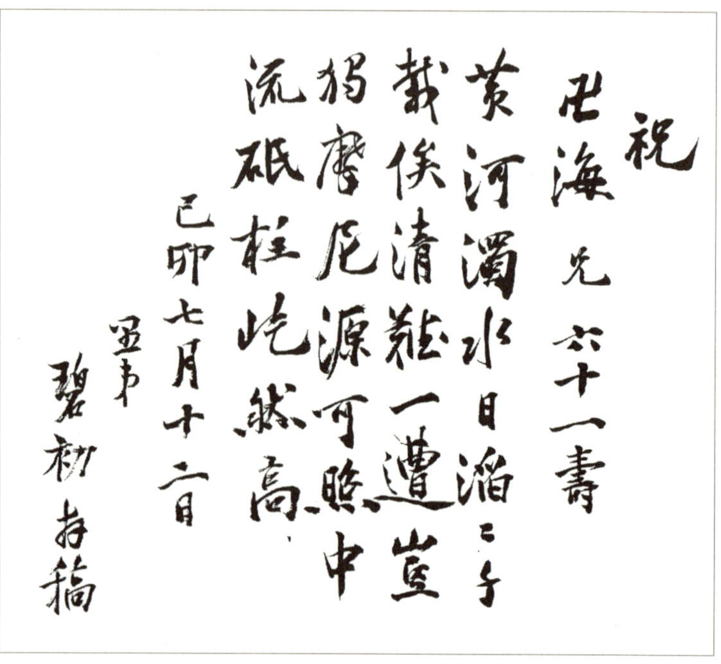

벽초 홍명희의 만해 회갑 축하 휘호

　「님의 침묵」 서시의 초두를 새긴 큰 돌이 백담사 마당 가에 세워져 있다.

　만해 한용운도 선사다. 그는 백담사 김연곡 선사의 지도로 진리에 들어섰고, 금강산 건봉사에 가서 선을 공부했다. 선(禪)은 무엇인가? 참선은 어떻게 하는 것인가? 만해는 말했다.

　참선은 원래 마음을 고요하게 하는 것인데 지금 사람들은 처소만 고

요하게 하려 한다. 밥을 주니 받아먹고 졸 듯이 움직이지 않고 앉아
만 있으니, 중생을 누가 제도할 것인가. 염불은 왜 하나. 부처님과 관
세음보살의 이름만 불러대니 어쩌란 말인가. 부처님이 사랑한 사람
을 사랑하는 일을 실천해야 하는 것을…….

만해는 사랑을 위해서는 욕도 했다. 일제의 조선총독부가 조선의
불교를 어용화하기 위해 31본산으로 구조 조정을 했다. 그 31본산
이 주지회를 열면서 만해에게 설법을 청했다. 만해는 뜻하는 바가
있어 그 설법의 자리에 나갔다.

"……세상에서 더러운 것은 똥이오. 똥보다 더 더러운 것은 송
장이오. 그 송장보다도 더 더러운 것은 이 자리에 있는 너희 놈들
이다!"

조선의 불교를 사랑하는 마음에서, 일제의 회유와 탄압에 굴복한
31본산의 주지들에게 험악한 욕을 퍼부은 것이다.

민족을 사랑한 만해는 큰일을 저지르고 잡혀가 옥살이도 했다.
그것이 기미 3·1 독립운동의 선언이다. 선언문의 투지를 더욱 선
명히 하지 않고는 배길 수 없어 그는 옥중에서 다시 〈조선 독립의
서(書)〉를 발표했다.

1927년에는 신채호·홍명희·안재홍·조만식과 함께 좌우 합작
단일 독립운동 단체로 신간회(新幹會)를 결성했다. 이 단체에서 만해

백담사 일주문. 참배객들의 편의를 위해 입구에서부터 버스가 운행한다.

는 중앙 상임위원 겸 경성 지부장이 되었다. 일제 치하에서 전국에 140개 지부를 둔 방대한 조직에서 경성(서울) 지부장의 역할은 조직의 얼굴과 같은 것이었다.

만해는 남들이 괴롭고 겁이 나서 피하는 일에도 선뜻 나서서 감당했다. 1937년에 국외 독립운동가 김동삼 선생이 마포 형무소에서 옥사했을 때, 그 시신을 인수할 사람이 없었다. 만해가 형무소에 가서 고인의 시체를 받아 심우장 자택으로 왔다. 만주에 연락해 고인의 아들이 도착하기를 기다려 5일장을 치렀다. 빈소에 정인보·홍명희·김병로·이인 등 많은 인사가 다녀갔다.

서울 성북동에 있는 만해의 집 심우장에는 이런 일도 있었다. 주위에서 권하고 도와 새로이 심우장을 지을 때, 만해는 시내의 조선 총독부 쪽을 바라보기 싫어 터를 골짜기의 남쪽으로 옮겨 북향 집을 지었다. 당시 성북동은 인가도 별로 없고 고적한 숲 속이었다. 만해의 집에서 밥을 짓는지, 죽도 끓이지 못하는지 사람들은 잘 알지 못했다.

1939년에 만해의 회갑연이 서울 동대문 밖 홍릉에 있는 청량사에서 열렸다. 하객 중에서 벽초 홍명희가 방명록에 붓으로 휘호했다.

황하의 탁한 물이 도도히 흘러도 그 안에 의연한 높은 산이여[黃河濁水日滔滔 中流砥柱屹然高].

역경 속에서도 끝내 변함이 없는 만해의 인품을 기리는 내용이었다.

그 고적한 심우장에서 만해는 일제의 총독부가 돈으로 회유하고 협박을 가해와도 굴하거나 타협하지 않고 가난하게 살았다. 조선이 해방되기 바로 전해인 1944년에 만해는 심우장에서 별세했다. 세상에 전하는 말에 의하면 그가 병약해 있기도 했지만 영양실조가 겹쳐서 돌아갔다고 한다.

역사에 대해 예견하는 눈도 가지고 있었던 만해는 말년에 "일제는 반드시 망하지만 해방이 된 후 조선 민족이 우익과 좌익으로 분

열해 싸울 것이 걱정된다"라고 했다.

과연 만해가 해방 후 남북의 분단과 민족상잔이라는 참상을 보지 않고 별세한 것이 오히려 잘된 일인지도 모른다. 그러나 만해의 역사는 그의 죽음에서 끝나지 않는다. 설악산 백담사 입구에 새로이 조성된 만해 마을이 아프리카의 만델라와 한국 기독교의 강원용 목사에게 상을 주었다. 지난날 강원용 목사에게 찾아가 "인류를 위해 필요하다면 불교가 없어져도 좋다"라고 한 스님이 있었는데, 이런 말을 할 줄 아는 이가 현대의 선사다. 자타불이(自他不二) 견성성불(見性成佛)의 경지다.

이제 남은 일이 한 가지 있다. 설악산의 울산 바위를 금강산까지 가게 하는 것이다. 이상국이 시에서 말하지 않았는가.

동해 미치도록 푸른 날
울산 바위 내려 타고
가다 만 금강산 가자

울산 바위가 바다에 떠서 해금강 삼일포로 들어가면 된다. 남한의 많은 관광객이 이미 그곳에 가 있다. 그렇게 하면 된다. 남북이 가고 오고 만나고 함께 밥을 먹으면 된다. 겨레의 재통일은 그렇게 하여 이루어질 것이다.

임진강을 건널며

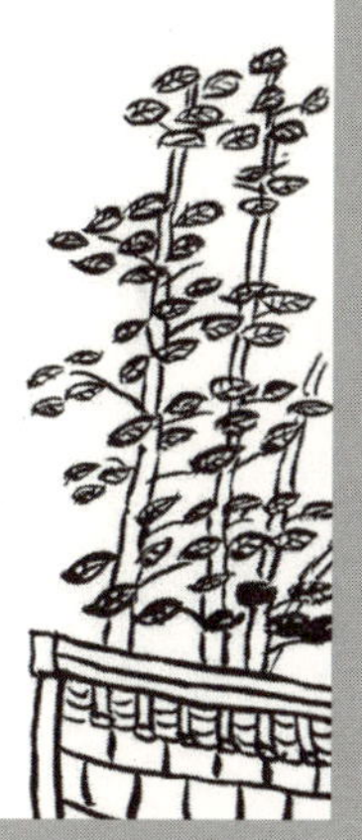

　서울의 지하철 2호선 합정 역에 친구들이 모였다. 내가 이 따뜻한 봄날에 임진강으로 산책을 나가겠다고 하니 여섯 명의 친구들이 따라나선 것이다. 우리는 승용차 두 대에 나누어 타고 함께 가게 되었다.

　한강 하류 쪽을 향해 강변 북로를 달린다. 30분도 채 못 되어 우리 일행은 임진강 줄기를 따라 연결되는 자유로에 들어섰다. 임진강의 남쪽 강가를 따라 상류로 거슬러 올라가는 왕복 8차선의 도로다. 자유로, '자유' 얼마나 좋은 말인가. 그런데 이 임진강을 따라가며 보게 되는 것은 군사분계선을 알리는 철조망이다. 수도 서울에서 불과 30분 거리에 휴전선의 남방 한계선 철조망이 있는 것이다.

　이 휴전선은 기묘하게 한반도의 허리를 가로질러 흐르는 임진강을 끼고 있다. 임진강은 사람들이 기어올라 넘기도 했던 독일의 베를린장벽과 달리 크고 완강한 분계선이다. 그리고 지금은 휴전선이라지만 이 전선에서 얼마나 참담한 규모로 동족상잔의 비극이 일어났던가. 이것이 독일의 경우와 다르게 한반도의 분단을 가장 늦게까지 지속시키는 역사적 현실이 되어 있다.

　그러나 오늘 우리의 기행은 이른바 '문화 산책' 이다. '문화' 는 사람을 훨씬 자유롭게 한다. 19세기 후반 이래 세계 역사학계의 흐름은 '문화사 중심'을 택했다. 지난 시대의 왕조사나 정치사에 국한 되지 않고 인간관계의 섬세한 감정까지 역사 진전의 자료로 다루는 작업이다. 문화사에서는 또 시대 단계의 단층을 대상으로 하는 공시성뿐 아니라, 시대의 연속적 공간을 대상으로 하는 통시성의 관점을 취한다.

시대의 연속으로 말하자면 임진강 유역만 한 데가 없다. 연천의 전곡리 일대뿐 아니라 최근에는 임진강의 중류 지역인 장산리에서도 구석기 유적이 나타나 서울대 박물관 팀이 발굴작업을 진행하고 있다. 임진강 변의 구석기 유적 지층 연대는 전곡리의 경우 27만 년 전으로 학계에서 측정하고 있다.

그러나 오늘 우리의 기행 범위는 구석기 시대까지 올라가는 것이 아니다. 근대 시민 민주주의 사회에서 인식의 맥을 통할 수 있는 조선조 시대의 민본주의 정치가로서, 파주 임진강 변 출신인 율곡 이이의 행적을 중심으로 하는 것이 하나다. 다른 하나는 임진강 전선에 얽힌 북한 현대문학 작품의 무대를 확인해보려는 것이다. 이는 북한 작가 김명익의 소설 「임진강」과 함께할 것이다. 그리고 이 두 가지 산책 주제는 종합적으로 오늘의 한반도 현실과 역사적 전망에도 진지한 의미를 던져주고 있다.

자유로 입구에 있는 오두산 통일 전망대는 그냥 지나치기로 했다. 이 전망대의 용도는 지난 시대에 비해 달라진 점이 있다. 전망대 위에서는 망원경을 통해 북한의 옹진반도 남쪽 산기슭을 살펴보는 게 주였다. 산 밑 인가에 사는 사람의 움직임이 보이는지에 관심을 보냈던 것이다. 그러나 2000년 6·15 남북 정상회담 이후로는 임진강 이북의 평양·묘향산·구월산·금강산·백두산을 남한 사람들이 갈 수 있게 되었다. 무엇보다도 개성 공단에서 남북이 협력해 여러 가지 물품을 생산하고 있다. 그러므로 휴전선 자체는 남아 있지만 상호 왕래의 통로는 많이 뚫려 있는 것이 달라진 현실이다.

통일 전망대에서 10분쯤 더 올라가면 세종조의 명재상이었던 황희 정승의 정자 반구정(伴鷗亭)이 있다. 반구정은 임진강의 하류 지점이므로 서해의 갈매기들이 여기까지 날아온다. 강변에 바짝 다가선 언덕에 정자를 짓고 넓은 강 하류와 갈매기 떼의 나는 모습을 바라보는 것은 운치 있는 일이다. 그리고 강 건너 북쪽 벌판은 아득하게 넓은 갈대밭으로서 휴전선 비무장지대의 적막과 더불어 민족 역사의 수난을 가슴 깊이 느끼게 한다.

황희는 일찍이 태종 대에 관직에 올랐으나 방랑벽이 있던 양녕대군을 두둔하다가 귀양살이를 했다. 그러나 세종조에 재기용되어 13

황희 정승의 임진강 가 정자 반구정

년이나 영의정 자리에 있다가 86세에 은퇴했다. 그래도 그가 청백리(淸白吏)의 모범으로 꼽히고 있다.

조선조에서는 청백리라 해도 양반 계급의 버슬아치이므로 반구정의 운치를 누릴 여유쯤은 가지고 있었다.

반구정에 들렀다가 율곡 이이의 고향 마을인 파주군 파평면 율곡리로 향했다. 우리 일행은 서울에 살고 있으므로 각자가 임진강 나들이를 몇 차례 한 바 있다. 오늘의 산책은 율곡의 생애에 대한 나

대로의 견해에 귀를 기울여주며 편한 마음으로 우정을 나누는 것이 목적이다. 이이의 호 ‘율곡’은 자운산에 선영을 두고 선대부터 살아온 고향 마을 율곡리에서 딴 것이다. 이이는 강릉 외가에서 출생하고 여섯 살 때 양친을 따라 서울에 올라왔으나, 고향 율곡리와 처가가 있는 해주의 석담이란 곳을 자주 왕래했다.

율곡이 서울에서 관직에 있으면서도 파주와 해주를 자주 왕래한 것은 원래 의지가 굳고 지나칠 정도로 일에 성실했던 그의 성격 때문이었다. 나랏일을 하다가 자신의 뜻이 받아들여지지 않으면 곧 사의를 표하고 물러나 낙향하는 것이었다. 지극히 보배로운 학덕을 지녔지만 그가 49세로 단명한 원인도 그 성격에 있었다.

재주로야 율곡을 가리켜 마땅히 천재라 할 만했다. 역사에서는 민중적 진실성도 좋지만 또한 타고나는 천재도 왜 소중하지 않겠는가. 율곡은 강릉 경포대 옆 오죽헌에서 아버지 이원수와 어머니 신사임당의 자제로 태어나 세 살 때에 이미 글을 깨우쳤다. 서울에 와 살면서 일곱 살 때에 〈진복창전〉이라는 인물 평전을 썼다. 이웃에 사는 한 사람의 사람됨을 비판한 것으로서 그 비판의 근거가 뒷날에 증명되었다고 한다.

여덟 살 때에 파주 율곡리로 와 지내며 이해에 〈화석정(花石亭)〉이란 제목의 시를 썼다. 지금 율곡리 임진강 언덕에 서 있는 정자의 이름이다. 길은 야산 언덕들 사이로 새로 크게 뚫리고, 도로 표지판이 화석정을 잘 표시하고 있다.

숲 속 정자에 가을은 이미 깊어

시인의 마음은 끝이 없어라

먼 강물은 푸른 하늘에 닿고

서리 맞은 단풍은 붉은 해에 어울려

산은 외로운 달무리를 토해내고

강물은 만 리 바람을 머금었네

변방의 기러기는 어디로 날아가나

저녁 구름 속에 그 소리 사라지네

―이이, 〈화석정〉

이 시에는 무르익은 서정과 함께 멀고 넓은 시야의 기상이 담겨 있다. 우리 일행이 도착해 화석정을 다시 둘러본다. 정자 아래로 굽이도는 임진강이 넓게 펼쳐지고, 강 남쪽 언덕은 준수한 기품을 보이는 바위 절벽이다. 화석정은 원래 고려 말엽의 지조 높은 선비로서 조선 초 사림파 도덕 정치 인맥의 뿌리가 되는 길재의 연고지에, 율곡의 선대 어른들이 지은 것이다. 율곡은 늘 이 정자에 들러 사색하고 공부에 매진했다.

16세에 모친 신사임당이 별세하니 율곡은 어머니이며 스승이기

반구정의 황희 선생 상

도 했던 사임당을 흠모하는 마음이 간절해져 인간의 삶과 죽음에
대해 새삼 깊은 생각을 하게 되었다. 묘소 앞에서 움막을 짓고 삼년
상을 치른 그는 한강 남쪽에 있는 봉은사에 들러 불경을 펼쳐보고
바로 금강산으로 들어갔다. 여러 사찰의 스님들과 인생에 대한 담
화를 나누며 1년을 지내고 그는 다시 속세로 돌아왔다. 그것은 자신
을 수양한 후 남들을 다스린다(修己治人)는 유가적 이상을 저버리지
못한 때문이었다.

금강산에 갔다가 돌아오니 그의 나이는 20세가 되었다. 그해에
율곡은 「자경문(自警文)」이란 책을 썼는데 "먼저 큰 뜻을 세우자. 실
제로 할 수 있는 일을 생각하자. 방심하거나 서두르지 말자"라는 것
이 요지였다.

"먼저 큰 뜻을 세워야 한다(先須大其志)"라는 것은 금강산에 들어
갔을 때 불가의 참선이 먼저 화두를 정하고 그 주제에 집중하던 데
서 영향을 받은 점도 있을 것이다. 이 뜻 세우기를 강조하는 것은
그 뒤 율곡의 여러 저서에 계속 나타난다.

파산 서원을 거닐며

율곡이 "먼저 뜻을 세워야한다"라고 늘 주장하니까 제자 중의 한

이율곡 집안에서 임진강 가 언덕에 세운 화석정

사람이 질문했다.

"어떻게 해야 뜻을 세울 수 있습니까?"

율곡이 대답했다.

"참되면 뜻이 저절로 선다."

참되다는 것은 무엇인가. 그것은 진실, 즉 진리를 추구하는 것이라고 말할 수 있다.

이 진리를 동양에서는 대개 '도(道)' 라는 말로 썼다. 노자도 그랬고 공자도 그랬다. 그러면 '도' 는 무엇인가. 율곡은 같은 파평 고을에서 어릴 때부터 사귀어온 가장 친한 벗인 성혼(成渾)에게 보낸 편지에서 말했다.

> 도는 너무 높거나 먼 데에 있는 것이 아니고 일상의 쓰임새 안에 있
> 는 것이다[道非高遠行之事 只在日用].

율곡은 늘 실제를 근거로 생각했고 어렵고 관념적인 이야기를 하
지 않았다. 참된 뜻을 찾으며 사는 사람은 친구를 사랑한다. 율곡은
자기의 고향 마을에서 10리도 안 되는 소내울[牛溪]이란 곳에 사는
성혼을 친구로 두었다. 성혼은 율곡보다 한 살이 위였다. 두 사람은
소년 시절부터 함께 자라며 공부를 했다. 성혼은 17세에 초시를 보
아 합격했으나 원체 몸이 약해 대과에 응시하는 것을 일찍이 포기
하고 있었다.

두 사람은 어느 날 화석정 아래 임진강에서 함께 뱃놀이를 했는
데 바람이 거세게 일어나며 배가 흔들렸다. 성혼은 당황하며 불안
해했다. 그러나 율곡은 "걱정하지 마라. 우리가 타고 있는데……"
하며 태연했다. 율곡은 아버지의 병환 때에 자기의 손가락을 깨물
어 피를 받아 아버지의 입 안에 흘려 넣어 위기에서 구한 적도 있
다. 그만큼 결단력과 용기도 지녔었다.

화석정에서 돌아 내려오니 잘 뚫린 도로의 표지판이 파산 서원(坡
山書院)을 가리키고 있다. 율곡의 고향 마을에 들어서 있으니 자운

서원(紫雲書院)을 먼저 들르는 것이 순서일 법하다. 그 경내에 율곡과 양친의 묘소도 있다.

그러나 먼저 표지판이 제시하는 대로 파산 서원을 향한다. 오늘 일정은 연천군 군남면에 있는, 소설 「임진강」의 무대까지 다녀오게 되어 있으므로 바쁘다. 교통편이 쉽게 연결되는 대로 가고, 돌아오는 길에 자운 서원에 들르기로 했다. 파평면 눌노리가 율곡의 친구 성혼의 마을이며, 성혼과 그 선대를 추모하여 세워진 파산 서원이 그곳에 있다.

파산 서원 앞에는 운동장처럼 넓은 마당이 있다. 그리고 마당 입구에 '하마비(下馬碑)'라고 새겨진 돌기둥이 서 있다. 이 하마비를 의식한다면 우리 일행이 타고 온 승용차를 이 지점에 세워야 할 것인가. 성혼은 벼슬살이보다 재야의 학자로 더 오래 살았는데, 서원을 관리하는 후손들이 지나치게 권위와 위엄을 그에게 덧씌워놓은 것 같다.

우리 일행은 미소를 머금고 하마비 앞을 지나쳐 마당으로 들어갔다. 마당 가 나무 그늘이 좋은 곳에 차를 세워놓고 서원과 부속 찰륜당 건물을 둘러보고 나와 마당의 고운 흙 위를 서성였다. 율곡과 성혼은 평생 떨어져 있다가 다시 만나곤 했지만 실상 계속 함께 지낸 셈이다. 그들은 생각하고 대화하고 책을 쓰고 서로 위하고 이끌어주기를 계속했다. 그 둘도 오늘의 우리 친구들처럼 눌노리의 흙을 밟으며 서성였던 것이다.

두 사람은 떨어져 있게 되면 헤어지기 전에 서로 찾아가 만났다.
1578년은 율곡이 43세였던 해인데 이때 그는 율곡 마을에 돌아와
몇 해를 지내고 있었다. 이해에 율곡은 토정 이지함의 별세 소식을
듣고 문상을 갔다가 돌아와 성혼의 집을 방문한다. 곧 해주에도 다
녀와야 하는데 떠나기 전에 친구가 보고 싶었던 것이다.

> 한 해가 저물며 산에 눈이 쌓였는데
>
> 들길이 가늘게 숲 사이에 갈렸구나
>
> 소를 타고 어깨 흔들리며 어디를 가는가
>
> 소내울 물굽이에 그리운 친구 있네
>
> 저녁 사립문 밀어 밝게 인사하고
>
> 편한 옷 갈아입고 방석에 마주 앉아
>
> 긴 밤 조용히 눕지 않고 새우노라니
>
> 벽 위의 등잔불이 푸르스름 빛나도다
>
> 반평생 서럽도록 이별을 많이 한다
>
> 지나온 겹겹의 어려운 산길들
>
> 이야기 그만하니 새벽닭 우는 소리
>
> 서리 묻은 달그림자 창살에 가득하네
>
> —이이, 〈소 타고 성혼의 집에〉

파산 서원을 거닐으니 율곡과 성혼의 우정을 한 끈에 다 꿰어 생각하게 된다. 한때 율곡이 관직에 있을 때 조정에 추천해 성혼이 종묘서령이라는 자리에 임명되었다. 성혼은 서울에 갔으나 건강에 무리가 되어 취임하지 못했다.

선조 임금이 안쓰럽게 여겨 성혼에게 쌀가마를 하사해 위로했다. 성혼은 마지못해 쌀을 받아 소내울에 돌아왔다. 그리고 그 쌀을 전부 친척과 동네 사람들에게 나누어주었다. 파산 서원 입구에 하마비를 세운 이들은 아마도 그때 쌀을 나누어 받은 이들의 후손이 아닐까 싶다.

이상과 현실 사이

율곡은 성혼을 관직에 추천했다. 율곡 자신은 누구로부터 추천을 받았을까. 율곡은 부친이 별세했을 때에도 3년간 시묘를 하며 쉬었는데, 탈상을 한 29세에는 대과에서 장원급제를 했다. 일찍이 13세 때 진사 초시에 급제한 이래 온갖 종류의 과거에서 아홉 번이나 장원급제를 해 '구도장원(九度壯元)'이라는 별호를 얻었다.

그러나 율곡이 과거급제에 욕심을 낸 것은 아니다. 그는 자신의 저서 「동호문답(東湖問答)」에서 말하기를 과거의 관문을 거치지 않앉어도 능력과 덕망이 있는 인물은 정치에 기용해야 한다고 했다. 「동호문답」을 저작한 데에도 사연이 있다.

조선 시대 관리에게는 특별 휴가가 있었다. 임금이 보기에 장래가 촉망되는 신하에게 공무를 쉬면서 학문을 연구하게 하는 것이었다. 이것을 '사가독서(賜暇讀書)'라고 한다. 휴가를 받은 신하는 책을 읽고 연구하여 좋은 정책에 관한 논문을 써서 임금에게 바쳐야 했다.

서울에는 이러한 휴가를 보내는 곳으로 세 군데의 독서당이 있었다. 한강을 내려다보는 곳으로 옥수동에 동호 독서당, 용산에 남호 독서당, 마포에 서호 독서당이 있었다. 이 중에서 가장 돋보이는 데가 동호 독서당이다. 이곳은 중종 대에 설치되어 70여 년간 존속되었고, 이 동호 독서당 출신에 뛰어난 인물들이 있었다. 조광조·이황·정철·유성룡 등이다. 여기에 율곡 이이까지 포함되는 것이다.

율곡은 한 달간의 휴가를 얻어 동호 독서당에서 지내면서 「동호문답」을 지어 임금에게 제출했다. 임금이 나라의 정치를 어떻게 하는 것이 바람직한지 방향을 제시한 의견서였다. 여기에는 "먼저 뜻을 세워야 하며, 현실에 맞아야 하며, 권력으로써가 아니고 덕치로써 해야 하며, 백성을 편안케 해야 하며……" 이런 내용들이 구체적으로 들어 있다.

더 일찍이 지은 「자경편」과 더불어 「동호문답」은 율곡의 다른 저서들에 원론을 제공하는 내용이었다. 선조는 즉위한 첫해에 율곡을

명나라에 다녀오는 서장관으로 임명했고, 바로 그 다음 해인 1569
년에 성균관 교리인 율곡에게 사가독서의 기회를 주어 「동호문답」
을 짓게 했다.

이렇게 선조는 뛰어난 인재인 율곡에게 기대한 것이 컸다. 그러
나 시간이 감에 따라 선조와 율곡의 사이는 어떻게 되어갔나. 율곡
이 보기에 선조 임금은 알 것을 다 알면서 실천에 옮기지 않는 임금
이었다. 임금이 보기에 율곡은 옳은 말을 하기는 하는데 표현이 너
무 과격하고, 그 말은 현실에 옮기기에 때가 이른 것이었다.

처음에 호조 좌랑으로 시작한 율곡의 관직은 청주 목사, 해주 목
사, 대사헌 등 여러 자리로 옮겨졌다. 안정적으로 집중해서 무슨 일
을 할 수도 없고 제대로 되는 일도 없었다. 먼저 뜻을 세워야 한다
는 것과 현실에 맞게 정치를 해야 한다는 원칙에 투철한 율곡으로
서는 참기 어려운 일이었다.

드디어 율곡은 임금이 어떤 직책을 맡기려 할 때 조건을 전제하
기에 이른다.

"전하께서 만일 저를 쓰시려거든 먼저 오늘의 시국 현실에 대한
제 견해를 물으시고, 제 뜻을 받아들이실 수 없으면 원하옵건대 저
를 다시 부르지 마시옵소서."

감히 이렇게 임금에게 대결하고 율곡은 서울을 떠나 임진강 가
고향 마을로 돌아온다. 서울 조정에는 역시 친구인 송강 정철이 있

성혼 선생을 모신 파산 서원의 찰륜당

화석정에서 바라본 임진강은 질곡의 역사를 안고 유유히 흐르고 있다.

어 우려되는 정국의 문제를 당부해놓고 떠난다. 이것이 율곡이 대
사간 자리를 맡아달라는 임금의 말에 조건을 제시한 후 떠나가는
모습이다. 서울을 떠나는 날 율곡은 그래도 나라를 위한 뜻을 제대
로 펴지 못함을 안타까워했다.

　지금은 임진강을 가려면 강변로와 자유로를 타고 가지만 당시에
율곡이 임진강으로 가는 길은 한강에서 뱃길로 가는 것이었다.

　　배가 흘러 멀어지는 남산

　　보기에 안쓰러워

　　돛을 올리지 마라

　　사공에게 일러둔다

　　ー이이, 〈배에서 남산을 돌아보며〉

　이것이 율곡의 심정이었다. 고향 마을에 돌아와서는 임진강 가
화석정에 올라 친구 성혼을 부른다. 또는 자신이 소를 타고 소내울
성혼의 집을 찾아간다. 그러다가 또 해주 석담으로 가서 새로이 이
상촌을 건설할 설계도 해본다.

　　고산 구곡을 사람이 모르더니

　　띠 베어 집 얽으니[誅茅卜居] 손님네 다 오신다

벽파에 꽃을 띄워 야외로 보내노라

사람이 승지(勝地)를 모르니 알게 한들 어떠리

율곡은 이처럼 한글로 시조도 지었다. 또 고전 사서오경 중 사서를 번역한 「사서언해(四書諺解)」도 펴냈다. 율곡이 서민 대중을 교육하려는 뜻을 가졌음을 알 수 있다. 같은 시기의 작업으로서, 어린이들을 교육하기 위해 「격몽요결」을 지은 것도 마찬가지 의도였다.

율곡은 꿈이 많은 사람이었다. 그야말로 현대 종교의 표어처럼 "모든 이에게 모든 것이 되어주자"는 격이었다. 그는 청주 목사와 해주 목사를 지낼 때에도 그 지역의 실정에 맞게 향약(鄕約)을 제정해 이상적인 지방자치를 실현하려 했다.

율곡은 41세 되던 해에 중앙 정치에서 끝내 뜻을 이루기 어렵다고 생각해 처가가 있는 해주 석담에 이상촌을 건설하는 일에 착수했다. 자신의 형제 가족들을 비롯해 아홉 집안의 백 명 인원을 해주로 이주시켰다. 「동거계사(同居戒辭)」라는 공동생활 규칙서도 만들었다. 이때의 일화에 의하면 율곡이 직접 대장간의 풀무질로 호미를 만들기도 했다고 한다.

그러나 사회의 경제 문제는 예나 지금이나 이상대로 잘되기가 어렵다. 율곡의 해주 지역 공동체 운영은 성공을 거두지 못했다. 일이 그렇게 되는 국면에서 율곡이 다시 돌아갈 곳은 어디인가. 역시 임진강 가 고향 마을이다. 조상의 선산이 있는 땅이다. 그리고 다시 그곳에서 고향 친구 성혼을 만나게 된다.

여기까지 생각하다 우리 일행은 발길을 돌려 파산 서원 마당을 떠난다. 길은 외줄기, 임진강 상류 연천으로 나 있다. 같은 연천군의 전곡 아래에서 물길이 갈라지고, 동쪽으로 뻗은 물은 한탄강 줄기다. 오늘 우리가 가는 길은 한탄강이 아닌 임진강 원래의 상류다.

삼거리 나루

경기도 연천군 군남면 삼거리 임진강 남쪽의 강변 마을. 이곳이 목표 지점이다.

전선이 몇 차례나 임진강을 사이에 두고 밀려왔다 밀려갔다 할 때…… 저 나루를 건너…… 강 건너 삼거리 마을…….

이 대목은 북한 작가 김명익이 1991년에 발표한 소설 「임진강」에 나와 있다. 임진강에 밀착된 지점으로서의 '삼거리 마을'은 과연 실재하는 곳인가.

6 · 25 전쟁은 진행형인가, 완료형인가. 김명익 소설 「임진강」의 무대인 북삼리 마을 노인 회관 벽에는 전사자 유해와 유가족을 찾는 벽보가 붙어 있다.

나는 미리 축척 12만분의 1 '정밀 지도'를 구해 샅샅이 찾아보았다. 있다! 경기도 연천군 군남면 임진강 변에 '삼거리'라는 마을이 있다. 그런데 이것은 흔히 사람들이 말하는 거리의 갈래 지점을 가리키는 것이 아니다. 엄연한 행정구역 단위로서의 마을 이름이다. 이 사실을 나는 정보통신부 발행 「우편번호부」 82쪽 연천군 군남면 편에서 확인했다. 남계리 다음 두 번째로 '삼거리'가 있고, 지역 우편번호는 '486-822'다. 바로 이 마을을 지금 우리가 찾아가는 것이다.

‘삼거리’라는 마을에 무슨 의미가 있는가. 김명익의 소설 「임진강」에서 보면 이 마을에 ‘명의네 집’이 있다. 용한 한의사의 집을 가리킨 것으로 보인다.

그때 너희 아버지가 다섯 살 난 네 오빠를 등에 업고 저 나루를 건널 때에는 한 밤 자고는 오는 줄 알았더니. 하긴 전쟁이었지. 전선이 몇 차례나 저 임진강을 사이에 두고 밀려왔다 밀려갔다 할 때이니 무슨 일인들 없었겠니. 허지만 그때 나도 너희 아버지도 그런 걸 가려볼 경황이 없었다. 열병에 걸린 네 오빠가 불덩이처럼 열이 나고 금시 숨이 넘어가는 듯 깔딱거렸으니 아무리 불비 속이라 해도 강 건너 삼거리 마을 명의네 집을 찾아 떠나지 않을 수 없었구나.

임진강 북쪽 북한 땅에 사는 한 가정에서 어린 아들이 갑자기 병이 나 위독해지니 아버지가 아이를 업고 밤에 나루를 건너 삼거리 마을 의원의 집을 찾아가지 않을 수 없었다. 전쟁의 전선이 남북으로 밀고 밀리고 하는 속에서도 죄 없고 힘없는 토착 부락민들은 원래의 자기네 마을에서 엎드려 살고 있었다.

그런데 또 갑자기 포성이 멎고 휴전이 되는데 임진강이 군사분계선이 되고 민간인이 나루에 접근하는 일은 도저히 불가능하게 된다. 강 건너 남쪽 삼거리 마을의 병원에 다녀오려고 집을 떠난 남편

임진강 남쪽 삼거리 마을로 건너가는 나루터에 서 있는 필자의 감회는 아련하다.

과 어린 아들은 영영 돌아오지 못하고 소식조차 들을 수가 없다. 이렇게 어느덧 서른여섯 해라는 세월이 흘러가 버렸다.

북쪽에 젊은 아내만 남고, 유복녀로 태어난 딸이 벌써 커서 시집을 가 사위와 도시로 나가 산다. 딸 내외는 어머니가 홀로 임진강 근처 옛 마을에서 외롭게 사는 것이 마음에 걸려 도시로 가서 함께 살자고 간청을 하지만 어머니는 막무가내로 옛 마을을 떠나지 않는다. 언제고 임진강을 건너 찾아올 남편과 아들을 기다린다는 것이다.

생각을 해보렴. 나라가 통일되어 저 임진강 나룻길이 열리면 고령이 되었을 네 아버지와 마흔이 넘은, 아이 원 세월두, 우리 만복이가 벌써 그렇게 되었구나. 네 오빠가 아마 제일 선참으로 건너올 게다.

어머니는 연방 고개를 끄덕이며 소리 내어 웃는데 눈에서는 후두두 눈물이 뿌려졌다.

그렇게 될 날이 멀지 않아. 왜 그런지 요즘 나는 서른여섯 해 동안을 애타게 기다려온 통일의 그날이 하루하루 앞당겨지는 것만 같은 생각이 든다. 너도 방송에서랑 들어 알겠지만 저 남쪽에서 문익환 목사랑 황석영 분이랑 우리 북반부를 다녀가지 않았니. 그리구 어린 처녀인 임수경이와 문규현 신부도 통일을 위해 평양에 왔다가 통일을 위해 돌아갔지. 장벽이라던 군사분계선을 걸어 지나서 말이다. ……민심은 천심이라구 통일의 날은 반드시 온다.

민족 분단의 슬픔과 고통을 당하는 이들이 어디 우리 가족뿐이겠니. 이제 나라가 통일되면 모두 옛말을 하며 살자.

자, 그만 일어나 같이 강가에나 나가보지 않겠니. 저 강물은 그저 흐르는 물이 아니야. 우리 마음이고 넋이지…….

태양은 더욱 높이 떠서 빛나고 강물은 햇빛을 싣고 남으로 흘러갔다.

바로 이것이 소설 「임진강」의 내용이라고 나는 일행에게 들려주었다. 파산 서원 앞에서 적성을 거쳐 전곡리로 향하는 길을 가다가 첫 번째 네거리에서 우리는 바로 좌회전을 했다. 그리고 임진강 다리를 건너 연천군 장남면으로 들어섰다. 되도록 질러서 가는 길을

6 · 25 전쟁 당시 설치됐던 화이트교가 있던 자리. 몇 해 전 다리가 철수됐고 지금은 위치를 옮겨 4차선으로 북삼교가 건설되어 전쟁의 상흔도 잊힌 듯하다.

통해 군남면 '삼거리'를 찾아가야 한다.

서울에서 오전 열한 시에 출발했는데 벌써 오후 한 시가 되었다. 어디서 점심을 먹어야겠는데 아는 식당이 없다. 이름 모를 어느 마을 길가에 마침 만두 집이 있다. 우리 일행의 차 두 대가 멈추어 섰고, 도시락 용기에 담긴 만두들이 우선 차 안에 배달되었다. 정식으로 하는 식사는 이 답사 일정을 마치고 파주시 법원읍에 돌아가 느긋한 마음으로 하려는 것이다.

차는 다시 출발했으나 일행 중에 나루터 삼거리 마을을 아는 이는 없다. 다만 물어서 찾아가는 것이다. 일행 중에서 박석준 방송

작가가 지난 시절 임진강으로 천렵을 다니다가 삼거리 같은 데를 본 적이 있다고 한다. 그의 안내대로 백학면을 지나고 미산면에 들어섰는데 임진강이 나오고, 길 모양으로 보건대 뚜렷한 삼거리가 나타난다.

우리는 함께 강가로 나가보았다. '강 마을 매운탕 집'이라는 데 들어가 삼거리 마을을 물었다. 식당의 여주인이 친절하게도 밖으로 나와 강 건너 왼쪽 끝에 보이는 마을이 군남면 '삼거리'라고 알려준다. 우리는 다시 차에 오르고, 미군이 건설했다는 화이트교를 건너 왼쪽 강변로로 1킬로미터쯤 더 갔다. 거기에 정말로 '삼거1리', '삼거2리' 이런 표지판들이 나타난다. 마을 주민도 여기가 '삼거리' 마을이라고 한다. 삼거2리에 과연 세 갈래로 난 큰 길이 있고, 직선 도로에서 가지 친 도로가 강 쪽으로 나 있다.

우리는 그 강으로 향했다. 지난날에 나루터였을 지점에 이제 '북삼교'라는 시멘트 다리가 길게 놓여 있다. 다리 옆으로 내려서서 강물 쪽으로 다가갔다. 아, 거기에 맑고 푸른 임진강이 흐르고 있다.

삼거리에서 임진강 건너로 마주 보이는 마을이 만복이 어머니가 기다리는 곳일 터인데, 과연 그 강 건너에 마을이 있다. 우리는 다시 차를 돌려 북삼교를 건너갔다. 마을 입구에 '나룻배의 고장 북삼리'라고 새긴 큰 돌이 서 있다. 소설 「임진강」 속의 "나루터 건너 삼거리"에 딱 들어맞는 지리적 여건이다.

이 임진강 가 북삼리가 원래 38도선 이북 북한 땅이었고, 6·25 전쟁 중에 임진강을 사이에 두고 밀고 밀리는 전투가 있었던 것은 사실이다. 다만 휴전 후 군사분계선이 이 임진강에서 조금 북상해 설정되었다. 지금 북한 주민이 사는 마을은 임진강으로부터 어느 정도 거리를 두게 된 점이 변한 상황이다.

그러나 임진강을 사이에 두고 전투가 진행되던 당시의 상황은 북삼리와 나루터와 삼거리에 일치하므로 이곳이 소설의 무대라고 보면 된다. 근거 자체가 '소설'이며 소설에는 형상화된 인식을 부여할 수도 있다. 임진강 전선의 남쪽에 위치한 '삼거리' 마을이 지도에 나타나는 곳은 여기밖에 없다.

소설의 무대가 된 곳은 또 이렇게 찾아다녀야 할 만큼 중요한가. 우선 소설 자체가 잘된 작품이어야 한다. 사람들이 읽고 감동을 받으며 짙은 여운으로 남는 어떤 의미와 가치가 있어야 한다. 「임진강」은 민족 분단의 비극을 형상화한 수준에 있어서 우수하다. 이 작품에는 북한의 소설들이 흔히 드러내는 이데올로기의 도식이 없다.

북한을 찾아갔던 남한 사람들에 대해서도 순수하고 정중한 마음으로 서술했다. 그리고 "민심이 천심이니" 통일의 날은 반드시 온다고 했다. 임진강 물이 그냥 흐르는 것이 아니고 우리의 마음과 넋을 싣고 남으로 흘러간다고 했다. 통일에 대한 민족의 염원으로 북녘과 남녘을 연결하는 형상을 임진강에 부여해놓았다.

북삼리 표지석

이만하면 우리 민족의 비극적 분단 현실의 문제를 풀어나가는 창조적 예술의 성과라고 평가할 수 있다. 그리하여 이 작품을 소중하게 생각하고 소설의 무대가 된 곳에 대해서도 애착을 느껴야 할 것이다. 삼거리 마을 사람들은 임진강 상류에 대한 애착이 원래 큰 것 같다. 강나루 쪽으로 트인 삼거리에 위치한 농업협동조합 건물에 '임진 농협'이라고 크게 붙여놓았다. '임진강 농협'이라는 뜻이다.

이효석의 소설 「메밀꽃 필 무렵」의 무대인 강원도 봉평에서 소설의 주인공 허 생원과 소년 동이의 족적을 확인할 수는 없다. 그러나 지금 봉평에는 메밀밭이 더 늘어나 있고, 메밀꽃이 피는 계절이면 전국에서 모여드는 관광객으로 뒤덮인다. 박경리의 소설 「토지」의 무대인 경남 하동 평사리에도 학생과 관광객의 끊이지 않는 행렬이 있다. 임진강 상류 '삼거리' 마을에도 김명익의 소설 「임진강」의 문학비를 세울 만하다.

민족 통일의 비원을 싣고 북에서 남으로, 휴전선을 따라 반도의 허리를 비스듬히 흐르고 있는 임진강은 결코 예사로운 풍경이 아니다. 앞으로 휴전선 비무장지대가 세계 평화의 상징으로 풍부한 생태 공원이 될 때 이 삼거리와 북삼리의 나루터로 남과 북의 순례 행렬이 이루어지는 장면을 상상해본다. 바로 이러한 '의미의 현장'을 발로 디디고 손으로 만져보는 데에서 나의 문화 산책은 충족의 시간을 갖는다.

이제 다시 임진강의 하류를 향해, 왔던 길을 되돌아가야 할 시간
이다.

> 밥이 백성의 하늘이다. 백성은 임금의 하늘이다[民以食爲天 王者以民
> 爲天].
> ―「성학집요」

이런 말을 한 율곡이 누워 있는 자운 서원, 법원읍으로 돌아가 우
리 일행이 밥을 먹어야 할 시간이다. 화석정이 있는 파평면 율곡리
를 곁에 두고 지금 자운 서원은 법원읍 구역으로 되어 있다.

법원읍에는 유명한 초계탕 집이 있다. 이 지역에서 '두루뫼 민속
박물관'을 운영하고 있는 강위수 소설가가 미리 초계탕 집에 가서
우리 일행을 기다리고 있다. 이제 오후 세 시가 넘은 시간에 우리는
먼저 밥을 먹기로 한다. 찐 닭고기 접시와 닭고기에 버무려진 냉면
의 초 친 육수가 시원하고 맛이 좋다.

나는 조그만 가방에 넣어 가지고 간 러시아 알타이 지역의 보드
카와 금강산 온정리에서 직접 사 온 명품 금강산 소주를 내놓았다.
보드카는 알타이 주 바르나울이란 곳에 가 있는 김로사 수녀가 가

져다준 것이다. 핀란드의 언어학자 람스테트가 개척한 알타이어족론에 한국어도 속해 있다. 구석기 유물 지층의 연대가 27만 년 전인 이 임진강 유역 사람들의 역사에 비한다면 터키어·몽고어·만주어와 한국어가 함께 들어 있는 알타이어의 역사는 지극히 짧은 것이다.

민족어의 고향에서 온 보드카 병을 따서 한 잔씩 나누어 들고 우리 일행은 오늘의 문화 산책에 대한 축배를 들었다. 금강산 소주는 두루뫼 민속박물관에 가져가라고 주었다. '두루뫼'는 임진강 이북 북한 지역에 있는 강위수 소설가의 고향 지명이라고 한다. 가나오나 임진강과 남과 북을 계속 생각하게 하는 날이다.

그러면서 과연 통일의 날이 온다면, 그때 통일의 내용은 어떻게 되어야 할 것인가를 생각하게 되고, 이 임진강 가 이율곡의 민본주의 사상을 다시 생각하게 된다.

밥을 먹고 난 우리는 초계탕 집에서 불과 5분 거리에 있는 두루뫼 박물관에도 들렀다. 손때 묻은 생활사 유산이 상당히 모여 있다. 그렇다. 임진강은 휴전선만이 아니다. 생활사·문화사·정치사상·문학작품·평화 생태 공원의 의미가 함께 갖추어진 임진강이어야 한다.

마지막 차례로 자운 서원에 들러서는 그 넓은 2천2백 평 공간의 흙을 디디며 서성거렸다. 디디고 만지면 된다. 산책 주제의 결론은 율곡의 민본주의 사상이다. 자운 서원 경내에는 율곡 기념관과 율곡 교원 연수원도 있다. 여기에서 과연 무엇을 기념하고 무엇을 연수해야 할까.

율곡은 '시기와 현실'을 중시했다[貴知時 要務實, 「만언봉사」]. 바로 오늘의 당면 문제와 실현이 가능한 현실적 방도에 따라 정치를 해야 한다는 것이다. 이러한 정신 때문에 조선조 실학사상의 개척자인 성호 이익은 반계 유형원뿐 아니라 더 앞선 단계의 이율곡을 실학의 가장 깊은 뿌리로 생각했다.

율곡을 가리켜 성리학에 몰두한 철학자라고 말해서는 안 된다. 그는 「성학집요」에서 농촌의 정전법(井田法)과 10분의 1 세제(稅制)에 대해서도 논했다. 이러한 논의가 숙종 대의 대동법과 영조 대의 균역법으로 발전하면서 문예 부흥기를 맞이할 수 있게 한 것이다.

무엇보다도 율곡은 일찍이 「만언봉사」에서도 논했지만, 1584년(선조 17년)의 〈시무육조〉를 통해 '10만 양병' 설을 주장했다. 앞으로 10년 이내에 왜군이 쳐들어올 것이니, 조선 8도의 각 도에 1만, 수도 한양에 2만, 10만의 병력을 갖추고 있다가 전쟁이 일어나면 그 10만의 병력을 총동원해 대응해야 한다는 것이었다. 율곡이 이러한 주장을 했을 당시에는 유성룡까지도 반대하고 나섰다. 평화 시에 공연히 백성을 동요시킬 수 있다는 것이었다.

그로부터 9년 후에 임진왜란이 일어나 조선 반도가 참혹하게 짓

율곡 가문의 묘소가 있는 자운 서원의 정문

밟히고 나서야 유성룡이 말했다.

"율곡 선생은 참으로 성인이셨다."

그러나 그때에는 이미 율곡이 세상에 없었다.

나라의 정치에서 뜻을 펼 수 없어 임진강 가 고향 마을에 은퇴해 있던 율곡이 어떻게 다시 조정에 나아가 국사에 대해 건의를 하게 되었던가. 일찍이 화담 서경덕에게서 배워 같은 문인(門人)이었던 퇴계와도 사귄 일이 있는 박순이 1572년(선조 5년)에 영의정이 되어 14년 동안이나 같은 자리에 있었다. 이 박순이 율곡의 재기용을 간곡히 요청했다.

선조 임금이 다시 불렀을 때 율곡은 세 번 사양을 했으나 결국 나라를 위하는 일념에서 다시 관직에 나아가 이조판서·병조판서·우참찬 등의 자리를 맡았다. 이조판서직에 있을 때 율곡은 저녁에도 퇴근을 하지 않고 사람들을 만났다. 주변에서 말리면 율곡이 말했다.

"과거에 급제하는 모든 사람은 관직에 나아가려 하는 것이 당연하다. 그들이 이조판서를 찾아오면 만나서 인품을 알아보고 적재적소에 쓰는 것이 의무다. 어찌 일신의 안일을 위해 사람 만나기를 피할 수 있겠는가."

이렇게 자신의 직무에 충직한 율곡은 위로 임금에 대해서도 계속해서 바른말을 했다. 임금의 궁정 생활에 드는 재정의 3분의 1을 줄여야 한다고 했다. 그러면 그만큼 백성들의 부담도 줄어들게 된다는 것이었다. 말하자면 "지도층의 소유를 줄여서 하층민에게 보태주어야 한다[損上益下, 〈시폐소〉]"라는 것이었다. 임금은 율곡의 이러한 직언이 과격한 말로 들리고 귀찮고 싫었다. 그러니까 율곡만 혼자 답답해할 뿐 결국 공무의 과로로 건강을 해쳐서 49세로 일찍 세상을 떠나게 된 것이다.

율곡의 시대와 21세기 오늘의 현실이 어떤 면에서 다르다고 말할 수 있을까. 2006년에 들어서서 정치의 지도층에서 하는 말은 "빈부의 양극화 현상이 가장 큰 문제"라는 것이다. 돈이 많은 이들의 투기에 의한 아파트 값의 상승으로 서민 대중은 평생 집을 살 수 있는 가능성이 희박해졌다. 또 집은 고사하고 대졸자의 태반이 취직을 하지 못한다. 그나마 취직을 하는 수의 태반이 비정규직에 들어간다.

불안하고 막막하다. 이러한 현실에서는 민주화와 개혁이라는 말도 국민 대중에게 오히려 듣기 싫게 되어간다. 그러므로 부패했던 독재 정권보다도 오늘의 무능한 정권이 오히려 더 밉다는 여론이 각종 선거에 반영된다. 역사의 후퇴다. 그러나 역사는 궁극적으로 정의로운 방향으로 발전하게 되어 있다.

밥이 백성의 하늘이다. 백성은 임금의 하늘이다. ……위에서 덜어서 아래에 보태야 한다.

율곡의 이 말이 오늘날에도 너무 절실하게 들리지 않는가.

임진강은 하류에서 상류까지 휴전선과 나란히 평행선을 이루다가 강원도 철원 근처의 옹달샘에 이어진다. 그리고 더 동쪽으로 가면 동해안의 고성에서 휴전선이 끝난다. 고성 바닷가에는 화진포라는 아름다운 포구가 있다.

서울에 '화진포'라는 한 모임이 있다. '화해와 전진 포럼'의 약자다. 어느 날 이 모임의 회식 자리에서 한 사람이 말했다. 체코의 하벨 대통령이 자신의 전 재산을 국가에 헌납했는데, 사람들이 장차 어떻게 생활을 하려느냐고 물었다. 그러자 하벨은 "나는 원래 극작가이니까 앞으로 작품의 원고료를 받아서 살겠다"라고 했다는 것이다.

우리나라에서도 하벨과 같은 태도를 보이는 대통령이 있다면 어떻겠느냐는 발언이 이어서 나왔다. 그러나 좌중에서는 별로 반향이 없었다.

액수의 많고 적음이 문제가 아니다. 양극화가 심각한 문제라면 상징적으로라도 "위에서 덜어서 아래에 보태는" 모범의 드라마가 있으면 신선하지 않을까. 휴전선의 끝자리 동해안의 아름다운 포구 화진포와 같은 낭만의 공상은 무안해지고 만다.

그런대로 630리 길이의 휴전선에서 어느 날 하나의 사건이 일어났다. 2002년 9월 24일, 그야말로 상징적으로라도 남과 북의 군인들이 비무장지대의 지뢰 제거 작업에 합의하고, 제거 작업 개시의 폭발음을 터뜨린 일이다. 그리고 철도의 동해선과 경의선을 연결하는 작업도 추진키로 했다. 이리하여 언젠가는 국토의 남과 북이 연결되는 일이 실현되고, 반도의 철도는 유라시아 시베리아 횡단 철도에 연결되어 저 유럽으로, 세계로 달려나가는 날이 오는 것이다.

중국이 만주의 동북 공정 계획 속에 북한까지 포함시켰다고 한다. 남에서는 일본이 독도를 자기네 것이라고 한다. 이럴수록 임진강의 구석기 시대 이래 이 땅에 살아온 민족은 내부적으로 소통하고 연결되어야 할 것이다. 또 밥이 백성의 하늘이 되고, 백성이 정치 지도층의 하늘이 되는 세상을 실현해가야 할 것이다.

임진강 물이 그냥 흐르는 것이 아니고 우리의 마음과 넋을 싣고 남으로 흘러간다고 했다. 통일에 대한 민족의 염원으로 남과 북을 연결하는 형상을 임진강에 부여해놓았다. 임진강은 반드시 올 통일의 그날까지, 통일 후 민족이 하나 된 그 후에까지 우리 민족과 함께 영원히 흐를 것이다.

우리 일행은 퇴장 시간인 저녁 여섯 시가 되어도 무어라고 하는 이가 없는 자운 서원의 정문을 저녁 어스름에 어슬렁거리며 나섰다. 그리고 그 이름이 좋은 자유로를 되짚어 서울로 향했다. 임진강 하류의 끝 저 교동도 쪽 하늘이 술에 취한 듯 붉게 물들어 있었다.

내려다보면 땅이 있고
올려다보면 하늘이 있다